시인의 꿈

맑은창 문학선 ③

시인의 꿈

찍은날 ▎ 2011년 4월 11일
펴낸날 ▎ 2011년 4월 18일

지은이 ▎ 박 완 서
작품해설 ▎ 이 철 송
펴낸이 ▎ 조 명 숙
펴낸곳 ▎ 도서출판 맑은창
등록번호 ▎ 제16-2083호
등록일자 ▎ 2000년 1월 17일

주소 ▎ 서울 · 금천구 가산동 771 두산 112-502
전화 ▎ (02) 851-9511
팩스 ▎ (02) 852-9511
전자우편 ▎ hannae21@korea.com

ISBN 978-89-86607-81-9 03810

값 7,000원

시인의 꿈

박완서 지음

도서출판 맑은창

차 례

시인의 꿈

길이란 길은 모조리 포장되고
집이란 집은 모조리 아파트로 변한
아주 살기 좋은 도시가 있었습니다.
한 소년이 얼음판처럼 매끄럽고,
티끌 하나 없이 정갈한 아파트 광장에서
이상한 것을 발견했습니다.

시인의 꿈

8 I

길이란 길은 모조리 포장되고 집이란 집은 모조리 아파트로 변한 아주 살기 좋은 도시가 있었습니다. 한 소년이 얼음판처럼 매끄럽고, 티끌 하나 없이 정갈한 아파트 광장에서 이상한 것을 발견했습니다. 그것은 낡은 자동차 모양을 하고 있었습니다만 바퀴는 없었습니다. 작은 유리창이 있었기 때문에 호기심 많은 소년은 안을 들여다보았습니다.

안에는 작은 침대와 몇 권의 책이 있고, 수염이 하얀 할아버지가 깡통에 든 더러운 음식을 먹고 있었습니다. 그러니까 그 속에서 사람이 살고 있었던 것입니다.

소년은 그런 곳에서 사람이 살 수 있다는 것을 직접 눈으로 보면서도 믿을 수가 없었습니다.

유리창을 통해 소년과 할아버지는 눈이 마주쳤습니다. 할아버지가 손짓하며 웃었습니다. 소년은 할아버지의 웃음이 매우 보기 좋다고 생각했지만 도망쳤습니다. 괜히 가슴이 두근거렸습니다.

소년은 집에 와서 어머니에게 자기가 본 것을 말했습니다. 어머니는 고층 아파트의 창으로 소년이 가리키는 곳을 내다보고 소년의 말이 아주 허황된 소리는 아니라고 생각한 듯합니다.

이웃집을 돌면서 그 사실을 알렸습니다. 그것은 아주 기괴한 소문이 되었습니다. 거기서 사람이 산다는 건 고사하고 그 깨끗한 곳에 그런 게 갑자기 생겼다는 것만도 이상했습니다.

이 도시에선 사람은 모조리 아파트에 살기 때문에 개나 새 같은 애완동물을 기르지 않은 지가 오래됩니다. 그렇다고 이 도시에 동물이 아주 없는 것은 아닙니다. 모든 동물은 동물원에 수용되어 있습니다. 그렇기 때문에 낡은 차 같이 생긴 것 속에 사람이건 짐승이건 목숨 있는 것이 살고 있다는 것은 기괴한 일일 수밖에 없습니다.

소문을 들은 몇 사람의 어른이 그곳에 가 보고 왔습니다. 소년이 헛것을 본 것이 아니란 게 증명되었습니다.

그 중 가장 나이 지긋한 부인이 무릎을 치면서 말했습니다.

"이제야 생각납니다. 내가 아주 어렸을 적, 이 도시가 지금처럼 살기 좋은 도시가 되기 전의 일입니다. 저런 것이 이 도시 변두리에 널려 있었습니다. 그겁니다. 바로 그겁니다. 그것은 무허가 판잣집이라는 겁니다. 무허가 판잣집은 그 시절 이 도시의 가장 큰 골칫거리였습니다. 하나님 맙소사! 그것이 이 좋은 세상에 다시 부활을 하다니."

"부인, 진정하십시오. 우린 지금 부인의 지혜를 필요로 하고 있습니다. 그 시절에는 그것을 없애기 위해 어떤 방법을 썼나요? 마음을 가라앉히고 잘 생각해 보십시오. 제발, 부인."

누군가가 그 부인에게 진심으로 애걸했습니다.

"그건 우리 힘으론 안 됩니다. 시청에서나 그 일을 할 수 있습니다. 시청에서 불도저를 갖고 나와 밀어 버리면 됩니다. 여러 채의 무허가 판잣집도 잠깐 사이에 밀어 버렸으니까 저까짓 한 채쯤은 문제없을 겁니다."

근심에 잠겼던 여러 사람들은 비로소 안심을 하고 시청에 전화를 걸었습니다. 시청 직원은 시민의 말을 도무지 믿으려 들지

않았습니다. 한두 사람도 아닌 여러 사람이 전화통에다 대고 와글와글 얘기를 하자, 그제야 곧 조사단을 내보내겠다고 말했습니다.

조사단이 나와 과연 무허가 판잣집이 있다는 것과 그 속에 사람이 살고 있다는 것을 확인하고 돌아갔습니다.

그러나 시청으로부터의 회답은 비관적이었습니다. 시청에는 아무리 찾아봐도 무허가 판잣집을 없앨 수 있는 법도, 불도저도 없다는 것이었습니다. 그도 그럴 것입니다. 무허가 판잣집이란 것이 이 도시에서 없어진 지가 벌써 몇 십 년째인데 그런 법이 뭣하러 여태까지 남아 있겠습니까?

사람들이 다시 모여 와글와글 의논을 했습니다.

누군가가 그건 곧 저절로 없어질 거라고 말했습니다. 왜냐하면 그 속에서 살고 있는 사람이 노인네니까, 곧 죽게 될 것임에 틀림이 없다는 것이었습니다.

그러고 보니 문제는 판잣집이 아니라 거기 살고 있는 사람이었습니다. 사람만 없다면 그까짓 작은 집은 폐차장에 갖다 버리면 그만일 것입니다.

그래서 보기 싫은 판잣집을 없애는 일은 노인이 죽는 날까지 미루기로 여럿이 합의를 보았습니다. 사람들은 판잣집 때문에 놀라고 떠들었을 때와는 딴판으로 곧 그 일을 잊어버렸습니다.

그러나 소년만은 가끔 그 판잣집을 기웃거려 봤습니다. 대개는 비어 있었습니다. 비어 있을 적에도 열쇠가 채워져 있는 일은 없었습니다. 그 속엔 누가 도둑질해 가고 싶을 만한 물건이라곤 없었으니까요.

어느 날 소년은 몰래 그 판잣집 안으로 들어갔습니다. 몰래라는 것은 할아버지 몰래가 아니라, 아파트에 사는 사람들 몰래라는 소리입니다. 모든 사람이 하루빨리 없어져 주기를 바라는 집에 들어간다는 것은 나쁜 짓 같아, 될 수 있으면 누구의 눈에도 띄고 싶지 않았던 것입니다.

판잣집 속은 창으로 엿보던 것과 마찬가지로 구질구질했지만 이상하도록 아늑했습니다. 침대의 모포는 털이 다 빠진 낡은 것이었지만 부드럽고 부숭부숭했고, 스프링이 망가져 내려앉은 침대는 할아버지 몸의 모양대로 움푹 들어가 있어 소년의 몸을 정답게 받아들였습니다. 소년은 요람에 누워 가만가만 흔들리던 어릴 적처럼 편안했습니다.

손만 뻗으면 닿을 수 있는 머리맡에는 나무판자에 벽돌을 괴어 만든 선반이 있고, 선반에는 책과 그릇과 색종이로 접은 새와 짐승과 꽃들이 아무렇게나 섞여 있었습니다. 소년은 침대에 누워 이런 것들을 보며 이런 방에서 살아 보았으면 하고 생각했습니다. 소년은 넓고 잘 꾸며진 자기의 방을 가지고 있고, 또 엄마 아빠의 방과 응접실과 서재에 대해 알고 있습니다.

소년은 또 많은 친구를 가지고 있어 친구의 방에 대해서도 알고 있습니다. 소년은 또 가끔 엄마 아빠와 함께 친척 집을 방문하는 일도 있어 친척들의 방에 대해서도 알고 있습니다. 그러나 그 방들은 한결같이 비슷했기 때문에 소년은 방이란 다 그렇고 그런 거란 생각밖엔 해 본 적이 없습니다.

소년은 손을 뻗어 선반의 책을 한 권 꺼내 펼쳤습니다. 책은 그림책이었습니다. 공작새보다 더 아름다운 날개를 가진 곤충들로 가득 차 있었었습니다. 소년은 학교에서 곤충에 대해 배운 적이 있습니다. 그러나 본 적은 없습니다. 사람 외에 살아 있는 짐승의 대부분은 동물원에 가면 볼 수 있었지만 곤충만은 왠지 동물원에도 없었습니다. 소년은 학교에서 곤충을 사람에게 이로운 곤충과 해로운 곤충 두 가지로 나누어 배웠기 때문에 많은 곤충의 이름을 외워 두었지만 곤충은 두 종류밖에 없는 줄 알았습니다.

그러나 할아버지의 책 속에는 수백 수천 가지의 곤충들이 있었고, 그것들은 각기 제 나름으로 아름다웠습니다. 황홀하게 빛깔 고운 날개를 가진 곤충도 있고, 오색이 찬란한 딱지를 가진 곤충도 있고, 엄마의 속치마 레이스보다도 훨씬 섬세한 날개를 가진 곤충, 생김새가 아기자기한 곤충, 징그러운 곤충, 용감해 보이는 곤충……. 소년은 그 많은 곤충이 하늘을 나는 광경을 그리며 가슴을 두근댔습니다.

그런데 어느 틈에 할아버지가 들어와 계셨습니다.

"할아버지, 이 아름다운 것들은 어디 가면 볼 수 있나요?"

"우리나라에선 이제 아무 데서도 그걸 볼 수 없을걸. 우리나라보다 못살고 우리나라보다 덜 문명화된 나라에나 남아 있으려나 몰라."

할아버지가 슬픈 듯이 말했습니다.

"그러니까 할아버지, 이것들은 사람들이 잘사는 것과 문명을

싫어하는군요. 그래서 피해 달아났군요?"

"아니지, 그것들은 아름답지만 지혜가 없기 때문에 태어날 때부터 저절로 알고 있는 것과 조금만 어긋난 일이 생기면 살아남질 못한단다. 피해 달아난 게 아니라 없어진 거지. 사람들이 잘 산다는 것 중에는 땅이란 땅을 시골의 농장만 남기고 모조리 시멘트로 포장을 하는 일도 포함되는데, 이 아름다운 것들은 대개 날개를 달기 전 애벌레 시절을 부드러운 흙 속에서 보낸단다. 목청이 좋은 매미라는 곤충은 십칠 년 동안이나 애벌레로 땅속에서 보내는 수도 있단다. 생각해 봐라. 이십 년 가까이 깜깜한 땅속에서 살다가 마침내 날개가 돋아나 몇 주일 동안이나마 이 세상에서 자유롭게 날고 노래 부르기 위해 기어 나오려는데, 땅엔 두껍디두꺼운 천장이 생겨 있을 때의 매미의 딱한 처지를, 또 문명이라는 것도 그렇단다. 문명은 이 세상의 살아 있는 것 중에서 가장 종류와 수효가 많은 곤충을 두 가지로 나누었지."

"그건 저도 알아요. 사람들에게 이로운 곤충과 해로운 곤충이죠."

소년은 씩씩하게 대답했습니다.

"맞았다. 그러나 정작 문명이 한 일은 그다음 일이란다. 문명은 사람에게 해로운 곤충을 닥치는 대로 죽였지. 그러다 보니 이로운 곤충까지 저절로 그 모습이 사라져 갔다. 사람은 사람 본위로 곤충을 두 패로 편을 갈랐는데, 저희끼리는 그게 아니어서 사람이 생각하는 것보다 훨씬 복잡하고 신비롭게 서로 해치며 도우며 잡아먹으며 잡아먹히며 어울려서 살았던 것이지. 사람이 사람에게 가장 해로운 곤충을 멸종시키려고 한 노릇이 결과적으론 가장 이로운 곤충의 먹이를 없애는 일이 되고, 그 일이 자꾸만 일어나면서 곤충 세계의 조화는 깨어지고 말았단다. 문명이 해친 것은 곤충이 아니라 곤충의 조화였고, 조화는 바로 곤충계의 목숨이었으니 곤충이 멸종될 수밖에……."

"할아버지, 그래도 우린 모두 이렇게 잘살잖아요. 곤충의 도움 없이도 말예요."

"곤충이 없어지고 나서 바람이 꽃가루를 옮기는 식물만 살아남고, 벌과 나비가 꽃가루를 옮기는 식물은 차츰 자취를 감추었단다. 그러나 사람들은 조금도 근심하지 않고 그런 식물이 자라던 자리에 공장을 짓고 물건을 만들어, 그런 식물이 아직도 살아남은 나라에 팔아서 그런 식물의 열매를 사 먹기 시작했단다. 근심할 건 아무것도 없었지. 사람은 곤충보다 위대하니까. 돈으로 못 사는 건 아무것도 없었으니까. 그러나 아이들이 나비의 아름다움에 홀려 온종일 푸른 초원을 헤맨다든가, 우거진 녹음 아래서 매미 소리를 들으며 꿈을 꾼다든가, 벌이 윙윙대는 장미 밭에서 한 마리 벌이 되어 본 적도 없이 어른이 되는 일을 근심하고 슬퍼하는 사람도 있었느니라. 그건 할아버지가 아주 젊었을 때의 일이고, 할아버지도 그걸 슬퍼한 사람 중의 하나였지."

"할아버지는 그때 무슨 일을 하셨는데요?"

"할아버지는 그때 시인이었단다. 아름다운 노래를 많이 지었더랬지."

"그럼, '솔직히 말해서 벙글콘은 아이스크림입니다. 솔직히 말해서 벙글콘은 맛있습니다.' 도 할아버지가 지었나요?"

"넌 그것 말고 아는 노래가 또 없냐?"

"왜 없어요. '샴푸는 비단결 샴푸, 엄마의 좋은 친구 비단결 샴푸, 비단결 샴푸, 노래하며 샴푸하자 비단결, 라라라라 비단결', '오늘도 만나 카레로 할까요? 달콤하기가 그럴 수 없어요. 매콤하기가 그럴 수 없어요. 만나 카레' 그리고……."

"아, 그만해라. 시가 없어졌구나. 하긴 시인이 없어졌으니까."

"시인은 왜 없어졌나요?"

"곤충을 이로운 곤충과 해로운 곤충의 두 패로 나누듯이 그 때 사람들은 사람이 하는 일도 두 가지로 나누었단다. 사람을 잘살게 하는 데 쓸모 있는 일과 쓸모없는 일로……."

"그래서 쓸모없는 일을 하는 사람에겐 약을 뿌려 없앴나요?"

"예끼 놈, 아무리 장난스런 말이라도 그런 말이 어디 있어?"

할아버지의 얼굴이 정말로 무서워졌습니다. 소년의 입에서 저절로 잘못했습니다라는 말이 나왔습니다.

"쓸모없는 일을 하는 것을 금지시켰단다. 그래서 대개의 시인들은 기술자가 됐지. 그래도 끝까지 시를 안 버리려고 한 시인에겐 쓸모 있는 시를 쓰란 명령이 내렸고, 그래서 '솔직히 말해서 벙글콘은 아이스크림입니다.' 라는 노래를 쓴 시인도 생겼고, '샴푸는 비단결 샴푸, 엄마의 좋은 친구 비단결' 이란 노래를 쓴 시인도 생겨났지. 가장 끝까지 시를 사랑하려고 한 시인일수록 가장 크게 시를 더럽혔다니!"

할아버지의 얼굴이 저녁 하늘처럼 슬퍼 보였습니다. 소년도

덩달아 형용할 수 없는 슬픔을 맛보았습니다. 그러나 소년이 할아버지의 말씀을 알아들은 것은 아닙니다.

"할아버지 한 말씀만 더 여쭤 보겠어요. 그렇지만 아까처럼 화내시진 마셔요."

"알았다 말해 보렴."

"시가 정말 쓸모없는 거라면 없어지는 게 당연하지 않을까요? 우리 엄마가 아이들한테 제일 많이 하는 잔소리도 '쓸모없는 건 제때 제때 내버려라.' 인걸요."

"할아버진 젊은 시절의 능력과 정열을 오로지 시를 위해 바쳐온 사람이다. 시가 쓸모없는 거라고 정해진 후에도 시를 버리고 딴 일을 가진 바 없고, 시를 안 버린답시고 시를 더럽히는 짓도 하지 않았다. 사람은 어느 누구도 아무짝에도 쓸모없는 것을 위해 자기를 다 바칠 수는 없느니라."

"그러니까 할아버진 시가 쓸모 있다는 말씀을 하시고 싶으시군요?"

"그럼, 그럼, 넌 참 똑똑한 애로구나."

할아버지의 얼굴에 처음으로 활짝 웃음꽃이 피었습니다. 소년은 할아버지의 얼굴이 참으로 보기 좋다고 생각했습니다.

"그런데 왜 시가 쓸모없는 것 취급을 받았을까요?"

"무엇에 쓸모 있느냐가 문제였지. 그 시절 사람들은 몸을 잘살게 하는 데 쓸모 있는 것만 중요하게 생각하고 마음을 잘 살게 하는 데 쓸모 있는 건 무시하려 들었으니까."

"그럼 몸이 잘사는 것과 마음이 잘사는 것은 서로 다른 건가요?"

"암, 다르고말고. 몸이 잘 산다는 건 편안한 것에 길들여지는 거고, 마음이 잘 산다는 건 편안한 것으로부터 놓여나 새로워지는 거고, 몸이 잘 살게 된다는 건 누구나 비슷하게 사는 거지만, 마음이 잘 살게 된다는 건 제각기 제 나름으로 살게 되는 거니까."

"무슨 말씀인지 잘 모르겠어요, 할아버지. 시가 없어도 조금도 불편하지 않다는 것밖에는."

"시가 있었으면 지금보다 살기가 불편했을지도 모르지. 그렇지만 지금보다는 살맛이 있었을 거야."

"살맛이 뭔데요? 그것은 초콜릿 맛하고 닮은 건가요? 바나나 맛하고 닮은 건가요?"

"그건 몸으로 본 맛이기 때문에 마음으로 보는 살맛하고는 비교를 할 수가 없지. 살맛이란, 나야말로 남과 바꿔치기할 수 없는 하나뿐인 나라는 것을 깨닫는 기쁨이고, 남들의 삶도 서로 바꿔치기할 수 없는 각기 제 나름의 삶이라는 것을 깨달아 아껴 주고 사랑하는 기쁨이란다."

"어렵군요. 할아버진 설마 지금부터 그 어려운 걸 하실 생각은 아니겠죠?"

"실상 나는 너무 늙었다. 그래도 해 볼 작정이다."

"할아버진 어디에서 오셨나요?"

"양로원에서 왔다."

"저도 양로원에 대해서 알고 있어요. 할머니 할아버지들이 가장 편안하게 지낼 수 있는 곳이죠. 저희 할머니도 거기 계시기 때문에 한 달에 한 번씩 방문하는데, 우리 아파트보다 더 좋은 곳이에요. 더군다나 이런 판잣집하고는 댈 것도 아니죠. 그런데 시는 이렇게 초라하고 불편한 곳에서만 쓸 수 있나요?"

"그렇진 않지만 시를 쓰는 마음이 가장 꺼리는 건 몸과 마음이 어떤 틀에 박히는 거지. 시를 쓰는 마음은 무한한 자유를 원하거든. 그래서 우선 양로원이라는 노인들의 틀을 벗어난 거란다."

"그럼 시를 쓰셨나요?"

"아니, 아직 못 썼다. 쓰려면 아직 아직 멀었다."

"그러실 거예요. 무엇을 쓰려면 책상 앞에 붙어 앉아 있어야 하는데, 할아버진 매일매일 돌아다니시니까요."

"괜히 돌아다니는 게 아니란다."

"알아요. 잡수실 것을 얻으러 다니시죠? 이제부터 책상에 앉아서 시만 쓰셔요. 잡수실 것은 제가 갖다 드릴게요."

"아니다, 먹을 걸 얻는 데 시간이 걸리진 않는다. 이 고장은 살기 좋은 고장인 데다가 거지는 나밖에 없으니까."

"그런데 왜 온종일 집을 비우고 돌아다니셔요?"

"말을 얻으러 다니지. 시는 말로 쓰지 않니?"

"말이 그렇게 귀한가요? 얻으러 다니게? 참 이 방엔 라디오도 텔레비전도 없군요. 게다가 할아버진 혼자 사시고……. 이제부터 제가 자주 와서 할아버지 말벗이 되어 드릴게요. 그리고 소리는 좋은데 모양이 구식이라 버리게 된 라디오도 한 대 갖다 드리죠."

"너는 참 착한 아이로구나. 그러나 할아버지가 얻으러 다니는 건 그런 말이 아니란다."

"그런 말하고 또 다른 말도 있나요?"

"암, 있고말고. 요새 떠다니는 말은 새로 생긴 물건의 이름하고, 그걸 갖고 싶다는 욕심을 위한 말이 전부지. 그러나 시를 위한 말은 그런 물건에 대한 욕심과는 상관없는 마음의 슬픔, 기쁨, 바람 등을 나타내는 말이란다. 얻으러 다녀 보니 그런 말이 어쩌면 그렇게 귀해졌는지, 이 근처엔 거의 없고 저 변두리 평민 아파트 근처에나 조금씩 남아 있는데, 거기도 온종일 헤매야 겨우 한두 마디 얻어 가질 정도로 드물어."

"그게 언제 모여 시가 되나요?"

"아직 아직 멀었지만, 언젠가는……."

"사람들이 그걸 읽을까요?"

"아직 아직 멀었지만, 언젠가는……."

"그걸 읽으면 사람들이 어떻게 달라질까요?"

"너는 지금 궁전 아파트에 살지?"

"네."

"궁전 아파트 현관의 신발장은 무슨 빛깔이더라?"

"모두 상앗빛이에요. 손잡이는 금빛이고요."

"지금 궁전 아파트에 사는 사람은 아무도 상앗빛 신발장을 의심하지 않지? 그러나 시를 읽는 사람이 생기면 그걸 의심하는 사람도 생길 거야. 나는 상앗빛을 좋아하나? 아닌데 나는 노랑을 좋아하는데, 그러면서 어느 날 노랑색 페인트를 사다가 신발장을 칠해서 자기만의 신발장을 갖는 사람이 생겨난단 말이다. 물론 파랑 신발장, 빨강 신발장을 갖는 사람도 생겨나지. 그래서 궁전 아파트 신발장이 아닌 제 나름의 신발장을 갖게 되는 거야. 또 어린이 중에서도 어른이 가르쳐 준 놀이 말고 새로운 놀이를 만들어 내는 어린이가 생겨날 테지. 그 어린이는 판판한 아스팔트 밑에는 도대체 뭐가 있을까 하는 호기심을 참지 못해 그것을 파헤쳐 그 속에 숨은 흙을 보고 말 거야. 그래서 그 속에서 몇 년째 잠자던 강아지풀과 명아주와 조리풀과 토끼풀과 민들레의 씨앗을 눈뜨게 하고, 매미의 마지막 애벌레가 허물을 벗고 가로수를 향해 날아오르게 할 거야."

할아버지의 주름투성이 얼굴이 아이들의 얼굴처럼 더없이 맑아지고 눈은 꿈꾸는 것처럼 한없이 먼 곳을 보고 있습니다.

"할아버지, 이상해요. 할아버지 말씀을 듣고 있으려니까 괜히 가슴이 울렁거려요. 이런 느낌은 처음이에요."

"아이야, 고맙다. 할아버지가 이제부터 말을 얻어다 시를 써도 늦지는 않겠구나. 시인의 꿈은 가슴이 울렁거리는 사람과 만나는 거란다."

그 여자네 집

지난 여름 작가 회의에서 북한 동포 돕기
시 낭송회를 한 적이 있다.
시인들만 참석하는 줄 알았더니
각계 원로들도 자기가 평소에 애송하던 시를
낭송하는 순서가 있다고,
나한테도 한 편 낭송해 달라고 했다.

그 여자네 집

지난 여름 작가 회의에서 북한 동포 돕기 시 낭송회를 한 적이 있다. 시인들만 참석하는 줄 알았더니 각계 원로들도 자기가 평소에 애송하던 시를 낭송하는 순서가 있다고, 나한테도 한 편 낭송해 달라고 했다. 내가 원로 소리를 듣게 된 것이 당혹스러웠지만, 북한 돕기라는 데 핑계를 둘러대고 빠질 만큼 빤질빤질하지는 못했나 보다. 하겠다고 했다. 그러나 거역할 수 없는 명분보다 더 중요한 것은 낭송하고 싶은 시가 있었다는 게 아니었을까. 그 무렵 나는 김용택의 '그 여자네 집' 이라는 시에 사로 잡혀 있었다. 김용택은 내가 좋아하는 시인 중의 한 사람일 뿐 가장 좋아하는 시인이라고는 말 못 하겠다. 마찬가지로 '그 여자네 집' 이 그의 많은 시 중 빼어난 시인지 아닌지도 잘 모르겠다.

'그 여자네 집' 은 다음과 같다.

가을이면 은행나무 은행잎이 노랗게 물드는 집
해가 저무는 날 먼 데서도 내 눈에 가장 먼저 뜨이는 집
생각하면 그리웁고
바라보면 정다운 집
어디 갔다가 늦게 집에 가는 밤이면
불빛이, 따뜻한 불빛이 검은 산 속에 살아 있는 집
그 불빛 아래 앉아 수를 놓으며 앉아 있을
그 여자의 까만 머릿결과 어깨를 생각만 해도
손길이 따뜻해져오는 집

살구꽃이 피는 집

봄이면 살구꽃이 하얗게 피었다가

꽃잎이 하얗게 담 너머까지 날리는 집

살구꽃 떨어지는 살구나무 아래로

물을 길어오는 그 여자 물동이 속에

꽃잎이 떨어지면 꽃잎이 일으킨 물결처럼 가 닿고

싶은 집

샛노란 은행잎이 지고 나면

그 여자

아버지와 그 여자

큰 오빠가

지붕에 올라가

하루종일 노랗게 지붕을 이는 집

노란 집

어쩌다가 열린 대문 사이로 그 여자네 집 마당이 보이고

그 여자가 마당을 왔다갔다하며

무슨 일이 있는지 무슨 말인가 잘 알아들을 수 없는 말소리와

옷자락이 언뜻언뜻 보이면

그 마당에 들어가서 나도 그 일에 참여하고 싶은 집

마당에 햇살이 노란 집

저녁 연기가 곧게 올라가는 집
뒤안에 감이 붉게 익은 집
참새떼가 지저귀는 집
눈 오는 집
아침 눈이 하얗게 처마 끝을 지나
마당에 내리고
그 여자가 몸을 웅숭그리고
아직 쓸지 않은 마당을 지나
뒤안으로 김치를 내러 가다가 "하따, 눈이 참말로 이쁘게도 온다이이" 하며
눈이 가득 내리는 하늘을 바라보다가
속눈썹에 걸린 눈을 털며
김칫독을 열 때
하얀 눈송이들이 김칫독 안으로
내리는 집
김칫독에 엎드린 그 여자의 등허리에
하얀 눈송이들이 하얗게 하얗게 내리는 집
내가 목화송이 같은 눈이 되어 내리고 싶은 집
밤을 새워, 몇밤을 새워 눈이 내리고
아무도 오가는 이 없는 늦은 밤
그 여자의 방에서만 따뜻한 불빛이 새어나오면
발자국을 숨기며 그 여자네 집 마당을 지나 그 여자의 방 앞
뜰방에 서서 그 여자의 눈 맞은 신을 보며

머리에, 어깨에 쌓인 눈을 털고
가만히, 내리는 눈송이들도 들리지 않는 목소리로
가만 가만히 그 여자를 부르고 싶은 집
그
여
자
네 집

어느날인가
그 어느날인가 못밥을 머리에 이고 가다가 나와 딱
마주쳤을 때
"어머나" 깜짝 놀라며 뚝 멈추어 서서 두 눈을 똥그랗게 뜨고
나를 쳐다보며 반가움을 하나도 감추지 않고
환하게, 들판에 고봉으로 담아놓은 쌀밥같이
화아안하게 하얀 이를 다 드러내며 웃던 그
여자 함박꽃 같던 그
여자

그 여자가 꽃 같은 열아홉살까지 살던 집
우리 동네 바로 윗동네 가운데 고샅 첫 집
내가 밖에서 집으로 갈 때
차에서 내리면 제일 먼저 눈길이 가는 집
그 집 앞을 다 지나도록 그 여자 모습이 보이지 않으면

저절로 발걸음이 느려지는 그 여자네 집
지금은 아, 지금은 이 세상에 없는 그 집
내 마음 속에 지어진 집
눈 감으면 살구꽃이 바람에 하얗게 날리는 집
눈내리고, 아 눈이, 살구나무 실가지 사이로
목화송이 같은 눈이 사흘이나
내리던 집
그 여자네 집
언제나 그 어느 때나 내 마음이 먼저
가
있던 집
그
여자네
집
생각하면, 생각하면 생. 각. 을. 하. 면……

내가 '녹색평론'에서 그 시를 처음 읽고 깜짝 놀란 것은, 이건 바로 우리 고향의 마을과 곱단이와 만득이 이야기다 싶었기 때문이다. 지금은 칠순이 훨씬 넘은 장만득 씨는 아직도 문학 청년 기질을 가지고 있다. 불과 몇 년 전까지만 해도 신춘 문예 철만 되면 가슴이 울렁거린다고 했다. 가슴이 울렁거린 게 아니라 응모도 해 봤으리라고 나는 넘겨 짚고 있다. 그 울렁거림이 얼마나 참을 수 없는 울렁거림이라는 걸 알기 때문이다. 만일 그 시가

김용택이라는 유명한 시인의 시가 아니라 처음 들어 보는 시인의 시였다면 나는 장만득씨가 가명으로 등단을 했으리란 걸 의심치 않았을 것이다. 나는 그 시를 읽고 또 읽었다. 처음에 희미했던 영상이 마치 약물에 담근 인화지처럼 점점 선명해졌다. 숨어 있던 수줍은 아름다움까지 낱낱이 드러내자 나는 마침내 그리움과 슬픔으로 저린 마음을 주체할 수가 없어서 혼자서 느릿느릿 포도주 한 병을 비웠다.

곱단이는 범강장달이 같은 아들을 내리 넷이나 둔 집의 막내이자 고명딸이었다. 부지런한 농사꾼의 아버지와 착실한 아들들은 가을이면 우리 마을에서 제일 먼저 이엉을 이었다. 다섯 장정이 휘딱 해치울 일이건만 제일 먼저 곱단이네 지붕에 올라앉아 부산을 떠는 건 만득이였다. 만득이는 우리 동네의 유일한 읍네 중학생이라 품앗이 일에서는 저절로 제외되곤 했건만 곱단이네가 일손이 모자라는 집도 아닌데 제일 먼저 달려들곤 했다. 곱단이 작은 오빠하고 만득이는 친구 사이였다. 그래도 마을 사람들은 만득이가 곱단이네 집이라면 발벗고 나서고 싶어하는 게 친구네 집이라서가 아니라 그 여자, 곱단이네 집이기 때문이라는 걸 알고 있었다. 부엌에서 더운 점심을 짓느라 연기가 곧게 올라가는 따뜻한 가을날, 곱단이네 지붕에 제일 먼저 뛰어올라 깃발처럼 으스대는 만득이를 보고 동네 노인들은 제 색시가 고우면 처갓집 말뚝에도 절을 한다더니만, 하고 혀를 찼지만 그건 곧 만득이가 곱단이 신랑이 되리라는 걸 온 동네가 다 공연하게 인정하고 있다는 증거였다.

둘 사이는 그들보다 어린 우리 또래들 사이에도 선망의 대상이었다. 우리들은 연애를 건다고 말하면서 야릇하게 마음 설레곤 했다. 40년대의 보수적인 시골 마을에서도 젊은 남녀가 부모 몰래 사랑을 나누는 일이 없었던 건 아니었나 보다. 누가 누구하고 바람이 났다던가, 눈이 맞았다던가, 심지어는 배가 맞았다는 소문까지 날 적이 있었다. 그건 부모가 얼굴을 못 들고 다닐만한 스캔들이었고, 그 뒤끝에도 거의 다 너절하거나 께적지근한 것이었다.

곱단이하고 만득이가 좋아하는 것을 바람났다고 말하지 않고, 연애 건다고 말한 것은 그런 스캔들과 차별 짓고 싶은 마음에서였을 것이다. 마을 사람들로서는 일종의 애정이요 동경이었다. 남자들은 서당에서 한문 공부를 하고, 여자들은 어깨 너머로 언문을 해독할 수 있을 정도로 까막눈은 면했다 하나 읍에서 이십여 리나 떨어진 이 마을에서 신식학교 교육은 아직 먼 풍문이었다. 그러나 기회만 닿으면 자식에게만은 시켜 보고 싶은 거였다. 연애에 대해서도 비슷한 생각을 가졌던 것 같다. 도시에서 배운 사람들이 하는 개화된 풍속에 대한 거역할 수 없는 호기심을 가지고 있었다. 젊은 사람들 사이에서뿐만 아니라 사사건건 트집잡기 전부터 둘이 짝이 된다면 얼마나 보기 좋은 한 쌍이 될까 눈을 가느스름히 뜨고 상상하는 것만으로 즐거워한 게 노인들이었기 때문이다. 만득이나 곱단이네나 일 년 계량하기에 모자라지도 넘치지도 않을 만한 토지를 가진 자작농이었고, 인품이 후하여 어려운 사람 살필 줄 아는 집안이었다. 만득이는 위로 누나

들만 있었고, 곱단이는 오빠들만 있어서, 기다리던 귀한 아들딸이었다. 제 집에서 귀히 여기는 자식은 남들도 한 번 볼 거 두 번 보면서 덕담을 아끼지 않는 법이다. 그들 또한 그러하였다.

곱단이는 시골 아이답지 않게 살갗이 희고, 맑은 눈에 속눈썹이 길었다. 나는 그녀의 속눈썹이 얼마나 길었는지 표현할 말을 몰랐었는데 김용택의 시 중에서 마침내 가장 알맞은 말을 찾아냈다. 함박눈이 내려 앉아서 쉴 만큼 길었다. 함박눈은 녹아 이슬 방울이 되고 촉촉이 젖은 눈썹이 그녀의 검은 눈동자에 그늘을 드리우면, 목석의 애간장이라도 녹일 듯 애틋한 표정이 되곤 했다. 만득이는 총명하여 하나를 가르치면 열을 알았고, 생긴 것 또한 관옥 같았다. 촌구석에서는 드문 일들이었다. 만득이가 개천에서 난 용이라면 곱단이는 진흙탕에 핀 연꽃이었다. 누가 먼저랄 것도 없이 둘이 장차 신랑 각시가 되면 얼마나 어여쁜 한 쌍이 될까 하는 소리가 저절로 나왔다. 이구동성으로 두 사람의 천생연분을 점친 것이다. 양가의 처지 또한 서로 기울지도 넘치지도 않았고, 어른들은 소박하고 정직하여 남들이 사윗감 며느리감으로 점찍어 준 아이들을 어려서부터 눈여겨보며 아름답고 늠름하게 자라는 걸 서로 기특해하며 귀여워하였다. 곱단이와 만득이는 우리 마을의 화초요 꿈이었다. 그러나 한두 번이라도 중매를 서 본 사람은 알 것이다. 남 보기에는 하늘이 정해 준 배필처럼 어울리는 한 쌍이어 그들을 맺어 주는 것에 거의 소명 의식 같은 걸 느끼고 중매에 나서지만 본인은 의외로 냉담한 경우가 많다는 것을, 남자와 여자가 서로 연정을 느끼는 건 신의 장난질처럼 인간의 계획 밖의 일이다. 남이 나서서 잘 되기를 꾀하거나 도와 주려고 하면 되레 어깃장을 놓은 속성까지 있는 것 같다.

그러나 만득이와 곱단이는 마을 사람들의 꿈을 배반하지 않았다. 곱단이가 만득이를 보면 유난히 부끄럼을 타기 시작한 게 그 증거였다. 곱단이가 만득이 때문에 방구리를 깨트린 일은 두고두고 동네 사람들의 입초시에 오르내렸다. 위말 아랫말 합쳐야 이십여 호밖에 안 되는 작은 마을이라 우물이 하나밖에 없었다. 물 긷는 일은 전적으로 아낙네들 몫이었고, 물동이를 이고도 동이를 손으로 잡는 법 없이 두 손을 자유롭게 놀리며, 고개도 이리저리 돌려 볼 것 다 보고 다닐 수 있어야 비로소 살림에 관록이 붙은 주부였다. 계집애들은 엄마들의 그런 솜씨에 찬탄의 눈길을 보내는 한편, 언젠가는 자기들도 그런 최고의 경지에 도달하지 않으면 안 된다는 압박감을 가졌음직하다. 계집애들은 어려서부터 물동이를 이고 싶어했다. 아이들도 능히 일 수 있는 작은 물동이를 방구리라고 했다. 방구리는 실용보다는 딸애들의 놀이 기구에 가까워서 깨트리기도 잘했다. 계집애를 얕볼 때, 쬐그만 계집애란 말 대신 방구리만한 계집애로 통하는 게 우리 마을이었다.

곱단이는 귀한 딸이고 올케가 둘씩이나 있어서 물동이 같은 거 안 이어도 됐건만 자기 몫의 방구리는 가지고 있었고, 동무들이 하는 건 다 해보고 싶은 나이였다. 그러나 머리에 인 방구리 손잡이를 양손으로 움켜잡지 않고는 한 발자국도 못 떼는 초보였다. 그렇게 방구리로 물을 길어 가는데 저만치서 만득이가 오는 게 보였다. 만득이는 방구리를 들어 주려고 급히 달려오고 그걸 본 곱단이는 에구머니나, 흘러내린 치마말기를 추켜올리려고 급히 방구리 손잡이를 놓아 버린 것이다. 방구리가 깨진 건 말할 것도 없다. 곱단이가 열너덧 살 가슴이 살구씨만큼 부풀어 올랐을 무렵이었다. 저고리를 짧게 입고 치마말기로 가슴을 동일 때라 임질을 할 때면 겨드랑과 가슴이 드러나게 돼 있었다.

그 무렵의 우리 고장의 풍습으로는 젊은 여자들도 거기에 대한 수치감이 별로 없었다. 임을 이고 가는 엄마 뒤에 업힌 아이가 겨드랑 밑으로 엄마의 앞가슴을 더듬거나 끌어당겨 빨기까지 하는 모습도 흔히 볼 수 있었다. 가슴에 대한 수치심도 일종의 문화 현상이 아닐까. 그 시절엔 엄마의 가슴은 아이들의 밥그릇 정도로 여겼던 반면 배꼽을 드러내는 건 수치스럽게 여겼다. 처녀는 좀 달랐겠지만 그런 풍토에서 방구리를 깨트리면서까지 가슴을 가리고 싶어했던 것은 예사로운 일이 아니었다.

우리 마을에서 만득이가 제일 먼저 읍내 중학교로 진학하자 곱단이는 아버지를 졸라 십 리 밖에 새로 생긴 소학교 분교에 입학했다. 방구리 사건이 있고 나서였다. 분교를 간이 학교라고 불렀고, 입학하는 데는 연령 제한 같은 것도 없었다. 남학생 중에는 아이 아범도 있을 정도였다. 중학교도 마찬가지였나 보다. 만득이도 소학교만 나오고 몇 년 집에서 농사를 거들다가 서울로 시집간 큰누나가 신식 교육의 필요성을 역설해서 상급 학교에 가게 됐으니 늦공부인 셈이었다.

간이 학교는 우리 마을에서 읍으로 가는 도중에 있는 긴내골이라는 오십여 호가 넘는, 인근에서는 가장 큰 마을에 있었다. 고개를 두 번 넘고 시냇물을 한 번 건너야 했다. 만득이와 곱단이가 등하굣길을 자연스럽게 같이 했을 것은 말할 것도 없다. 겉으로 보기에 두 사람이 유별나 보이지는 않았다. 늘 곱단이가 한참 뒤져서 걷고 만득이는 휘적휘적 앞서 가다가 기다려 주곤 했다. 부부가 같이 외출을 해도 나란히 걷지를 못하고 아내가 한참 뒤에서 걷는 걸 예절처럼 알던 시대였다. 곱단이보다 갈 길이 곱절이 되는 만득이가 갑갑한 곱단이의 걸음걸이를 참지 못하고 휭하니 먼저 가 버릴 적도 있었다.

들을 적시는 개울물이 도처에 그물망처럼 퍼져 있는, 물이 흔한 고장이었지만 다리를 통해 건너야 하는 긴내골의 시냇물은 유난히 아름다운 강이었다. 물은 깊지 않았지만 골이 깊어서 길에서 수면까지 비스듬히 가파른 둔덕에는 잗다란 들꽃들이 봄 여름 가을 내 쉼 없이 피었다 지곤 했고, 흰 자갈과 잔모래와 꽃그림자 사이를 무리지어 유영하는 물고기들과 장난치듯 부서지는 잔물결은 수정처럼 투명했다. 그 시냇물에는 흙 다리가 놓여 있었다. 양쪽 둔덕을 두 개의 기둥목으로 가로질러 놓고, 그 사이를 새끼줄이나 칡넝쿨 같은 것으로 엮고는 진흙으로 빤빤하게 싸 바른 흙다리는 마치 오솔길의 연속처럼 편안했다. 그러나 비가 많이 오거나 봄의 해토 무렵엔 흙다리 곳곳에 구멍이 뚫리기도 하고 미끌거리기도 했다. 그런 불편은 잠깐, 곧 누군가의 손길로 감쪽같이 보수가 되곤 했지만 문제는 장마중이거나 미처

보수를 하기 전이었다. 특히 계집애들은 구멍 난 흙다리를 건너기를 무서워했다. 차라리 둔덕을 내려가 신발 벗고 점벙점벙 강물로 들어가는 게 안심스러웠다. 물이 불어 봤댔자 허리 정도밖에 안 찼지만 그럴 때는 앞서서 작대기로 물의 깊이를 알려 주고 계집애들을 인도하는 게 남학생들의 중요한 사내 구실이었다. 그러나 만득이는 곱단이가 사내 녀석들하고 치마를 배꼽 위까지 걷어올리고 속바지를 적셔 가며 물을 건너는 걸 참을 수 없어했다. 등굣길은 물론 하굣길까지 어떻게든 시간을 맞춰 지키고 있다가 구멍 뚫린 흙다리 위로 건너게 해 주었다. 흙다리를 건너면서 곱단이가 얼마나 무섬을 타고, 양탈을 하고, 그러면 만득이는 그걸 다 받아 주며 다독거리느라 길지도 않은 흙다리 위에서 둘이 몇 번씩이나 서로 얼싸안는다는 소문이 자자하게 피지곤 했다. 그러나 구닥다리 노인들도 그런 소문을 망신스러워하지 않고 귀엽게 여겼다. 둘은 어차피 혼인할 테고 둘이 서로 좋아하는 것은 아름다운 한 쌍의 새가 부리를 비비는 것처럼 예쁘게만 보였다. 흙다리가 아니라 연애 다리라는 소리도 악의라곤 없었다.

중학교 상급반으로 오르면서 만득이는 문학에 눈을 뜨게 된 것 같다. 한동안 그는 '오뇌의 무도'라는 시집을 책가방에 넣지 않고 옆구리에 끼고 다닌 적이 있는데 그게 그렇게 멋있어 보일 수가 없었다. 학교 문턱에도 못 가 본 이도 남자들은 한문을 다 읽을 줄 알았다. 서당이 마을 사내들의 의무교육 기관처럼 돼 있었다. '오뇌의 무도'라고 붙여서 읽을 수는 있어도 그게 무슨 뜻인지 확 오는 게 아니었다. 글자는 한자건만 그 낱말이 불러일으키는 이미지는 이국적이고 하이칼라한 것이었다. 어디서 흘러들어온 말인지 하이칼라란 말이 우리 마을 젊은이들 사이에서 한창 유행할 때였다. 어딘지 이국적이고 약간 겉멋 들어 보이는 건 뭐든지 하이칼라라고 했다.

마을 젊은이들 사이에 춘원 바람을 일으킨 것도 만득이였다. '흙', '단종애사', '무정' 같은 춘원의 책이 젊은이들 사이를 돌며 나달나달해질 때까지 읽혔다. 책은 나달나달해졌지만 거기 한번 맛들인 청년들의 눈빛은 별처럼 빛났다. 그러나 곧 춘원이 창씨 개명에 앞장서고 청년들을 전쟁터로 내모는 연설을 했다는 말을 퍼트려, 청년들을 실의에 빠트리고 헷갈리게 만든 것도 만득이였다. 그가 마을 청년들의 정신의 맥을 쥐었다 폈다 한다고 해도 과언이 아니었다. 2차 세계 대전이 말기에 접어들면서 마을의 형편도 날로 어려워지고 있었지만, 젊은이들의 정신의 기갈은 그보다 더 심각하였기 때문에 먹혀들기도 그만큼 쉬웠다. 만득이가 퍼뜨린 책 때문에 마음이 통하게 된 젊은이들이 모여서 문학 얘기도 하고 세상 돌아가는 일에, 울분을 토로하기도 하는 모임이 자연히 형성되었는데, 거기서도 중심 인물은 물론 만득이였다. 그러나 고작 만학의 중학생이었다. 식민지 청년의 의식있는 모임이라기보다는 만득이의 지적 허영심을 충족시키는 장이었다. 그는 가끔 자기가 쓴 시를 비장한 어조로 읽어 주곤 했는데 그 중 곱단이가 눈물이 글썽일 정도로 좋아하는 시가 나중에 알고 보니 임화의 시 뒷부분이었다.

오늘도 연기는
구름보다도 높고,
누구이고 청년이 몇,
너무나 좁은 하늘을
넓은 희망의 눈동자 속 깊이
호수처럼 담으리라,
벌리는 팔이 아무리 좁아도,
오오! 하늘보다 너른 나의 바다.

이런 시였는데 팔을 벌리고 '오오! 하늘보다 너른 나의 바다' 할 때는 어찌나 격정적으로 목메어 부르는지 곱단이는 그 때마다 만득이를 더 넓은 세상으로 내놓아야 할 것 같아 가슴이 떨린다고 했다.

곱단이는 나에게 가끔 만득이가 보낸 편지를 보여 줄 적이 있었다. 누가 보여 달랜 것도 아닌데 보여 주는 게 계면쩍었던지 혼자 보기 아까워서 ……라는 말을 덧붙이곤 하였다. 연애 편지를 혼자 보기 아까워한다는 건 실상 말이 안 되는 소리다. 그건 보여줘도 무관한 담백한 편지라는 뜻도 되지만, 곱단이 보기에 그럴듯한 문학적 표현을 자랑하고 싶어서이기도 했을 것이다. 그 중 아직도 생각나는 것은 곱단이네 울타리 밑의 꽈리나무를 '꼬마 파수꾼들이 초롱불을 빨갛게 켜 들고 서 있는 것 같다' 고 표현한 거였다. 당시 우리 동네 집들은 거의 다 개나리로 뒤란 울타리를 치고 살았다. 그리고 뒤 집이나 울타리 밑에서 꽈리가 자생했다. 봄에서 여름에 걸쳐서는 거기에 꽈리나무가 있다는 것도 모를 정도로 전혀 눈에 안 띄는 잡초나 다름없었다. 꽈리가 거기 있다는 걸 알게 되는 건 풀숲이 누렇게 생기를 잃고 난 후였다. 익은 꽈리는 단풍보다 고왔고, 아닌 게 아니라 초롱처럼 자리를 내주고, 들에서는 고추가 다홍빛으로 물든 감잎도 더 고운 감한테 자리를 내주고, 들에서는 고추가 다홍빛으로 물들 때였다. 꽈리란 심심한 계집애들이 더러 입 안에서 뽀드득대는 것 외엔 아무짝에도 쓸모 없는 하찮은 잡초에 불과했다. 우리 집 울타리 밑에도 꽈리가 지천으로 자라고 있었다.

그렇게 흔해빠진 꽈리 중 곱단이네 꽈리만이 초롱에 불 켜 든 꼬마 파수꾼이 된 것이다. 만득이는 어쩌면 그리움에 겨워 곱단이네 울타리 밑으로 개구멍을 내려다 말고 발갛게 초롱불을 켜 든 꼬마 파수꾼 때문에 이성을 찾은 거나 아닐까. 그렇지 않고서야 그 흔해빠진 꽈리 중에서 곱단이네 꽈리만을 그렇게 특별한 꽈리로 만들 수는 없는 일이었다.

우리 마을엔 꽈리뿐 아니라 살구나무도 흔했다. 살구나무가 없는 집이 없었다. 여북해야 마을 이름도 행촌리였겠는가. 봄에 살구나무는 개나리와 함께 온 동네를 꽃대궐처럼 화려하게 꾸며 주었지만, 열매는 시금털털한 개살구였다. 약에 쓰려고 약간의 씨를 갈무리하는 집이 있긴 해도 열매는 아이들도 잘 안 먹어서 떨어진 자리에서 썩어 갔다. 아름다운 마을이었다. 살구꽃이 흐드러지게 필 무렵엔 자운영과 오랑캐꽃이 들판과 둔덕을 뒤덮었다. 자운영은 고루 질펀하게 피고, 오랑캐꽃은 소복소복 무리를 지어 가며 다문다문 피었다. 살구가 흙에 스며 거름이 될 무렵엔 분분히 지는 찔레꽃이 외진 길을 달밤처럼 숨가쁘고 그윽하게 만들었다.

'그 여자네 집' 을 읽으면서 돌이켜보니 행촌리의 그 흔한 살구나무 중에서도 곱단이네 살구나무는 특별났던 것 같다. 다 같은 초가집 중에서도 만득이에겐 곱단이네 지붕이 유난히 샛노랬던 것처럼, 그 흔해빠진 싸리나무 중에서 곱단이네 싸리나무만이 특별났던 것처럼.

곱단이네는 행촌리 윗말 첫집이었다. 뒷동산에서 흘러내린 개울물이 곱단이네를 휘돌아 아랫말로 흐르면서 만득이네 문전옥답 논배미를 지나게 돼 있었다. 곱단이네 살구나무는 곱단이 아버지가 딸과 딸의 동무들을 위해 튼튼한 그네를 매 줄 정도로 큰 나무였다. 만득이는 아마 개울물이 하얗게 하얗게 실어나르는 살구꽃을 연서처럼 울렁거리며 바라보았을 것이다.

1945년 봄에도 행촌리에 살구꽃이 피고, 싸리꽃, 오랑캐꽃, 자운영이 피었을까. 그럴 리 없건만 괜히 안 피고 말았을 거 같다. 그 꽃들이 피어나기 전에 만득이와 곱단이의 연애도 끝나고 말았을까. 만학이던 만득이는 읍내의 사 년제 중학교를 졸업하자마자 징병으로 끌려나갔다. 며칠 간의 여유는 있었고, 양가에서는 그 사이에 혼사를 치르려고 했다. 연애 못 걸어 본 총각도 씨라도 남기려고 서둘러 혼처를 구해 혼사를 치르는 일이 흔할 때였다. 더군다나 만득이는 외아들이었고, 사주단자는 건네지 않았어도 서로 연애 건다는 걸 온 동네가 다 아는 각싯감이 있었다.

그러나 그는 한사코 혼사 치르기를 거부했다. 그건 그의 사랑법이었을 것이다. 남들이 다 안 알아 줘도 곱단이한테만은 그의 사랑법을 이해시키려고, 잔설이 아직 남아 있는 이른 봄의 으르름 달밤을 새벽닭이 울 때까지 곱단이를 끌고 다녔다고 한다. 곱단이가 그의 제안에 마음으로부터 승복했는지 안 했는지 알 길이 없다. 그러나 끌려다니지를 않고 어디 방앗간 같은 데서 밤을 지냈다고 해도 만득이의 손길이 곱단이의 젖가슴도 범하질 못하였으리라는 걸 곱단이의 부모도, 마을 사람들도 믿었다. 그런 시대였다. 순결한 시대였는지, 바보 같은 시대였는지는 모르지만, 그 때 우리가 존중한 법도라는 건 그런 거였다.

만득이네 대문에 일본 깃대와 출정 군인의 집이라는 깃발이 만장처럼 처량히 휘날리고, 그 집 사랑에서 며칠씩 술판이 벌어져도 밀주 단속에도 안 걸리고 ……, 그렇게 그까짓 열흘 눈 깜박할 새가 지나가 만득이는 마침내 입영을 하게 됐다. 만득이가 꼭 살아올 테니 기다리라고 곱단이를 설득하기는 어렵지 않았을 것이다. 곱단이가 딴 데 시집 갈 아이도 아니거니와 식구들 역시 딴 데 시집 보낼 엄두라도 낼 사람들이 아니었으므로, 설득에 그렇게 오랜 시간이 걸린 것은, 그럴 것이면 왜 혼사를 치르고 나서 떠나면 안 되냐는 곱단이의 지당한 생각 때문이었을 것이다. 곱단이는 이름처럼 마음씨도 비단결 같은 처녀였지만 옳다고 생각하는 걸 굽힐 만큼 호락호락하진 않았으니까. 사위스러워서 아무도 입에 올리진 않았지만 마을 사람들은 만득이가 사지(死地)로 가고 있다는 걸 알기 때문에 과부 안 만들려는 그의 깊은 마음을 내심 여간 대견히 여기는 게 아니었다. 만득이와 곱단이는 요샛말로 하면 마을의 마스코트라고나 할까. 둘 다 행복해지지 않으면 재앙이라도 내릴 것처럼 지켜 주고 싶어했고, 만득이의 처사는 그런 소박한 인심에도 거슬리지 않는 최선의 것이었다.

만득이가 떠난 후에도 마을 청년들은 앞서거니 뒤서거니 징병이나 징용으로 끌려가 마을에 남자라고는 중늙은이 이상만 남게 되었다. 곱단이의 오빠들도 도시로 나가 공장에 취직한 셋째 오빠와 부모님을 모시는 큰오빠 빼고 두 오빠가 징용으로 나가 아들 부잣집이 허룩해졌다. 장정만 데려가는 게 아니라 양식 공출도 극악해져 그 풍요하던 마을도 앞으로 넘길 보릿고개 걱정이 태산 같았다.

궂은 날 부침질만 해도 서로 나누느라 한 채반은 부치야 했던 인심도 스스로 금가기 시작할 무렵이었다. 아주 나쁜 소식이 염병보다 더 흉흉하고 건잡을 수 없이 온 동네를 휩쓸었다. 전에도 여자 정신대에 대해서 아주 모르고 있었던 것은 아니다. 일본 본토나 남양 군도에 가서 일하고 싶은 처녀들은 지원하면 보내 주고 나중에 집에 송금도 할 수 있다는 면사무소의 공문이 한바탕 돈 후였지만 그럴 생각이 있는 집은 한 집도 없었고, 설마 돈벌이를 강제로 보내리라고는 아무도 짐작을 못 했다. 그러나 들려오는 소문은 그게 아니어서 몇 사람씩 배당을 받은 면사무소 노무과 서기들과 순사들이 과년한 딸 가진 집을 위협도 하고 다짜고짜 끌어가는 일까지 있다고 했다. 설마설마하는 사이에 더 나쁜 일이 생겼다. 그건 같은 면 내에서 생긴 일이기 때문에 소문이 아니라 실제 상황이었다. 동구 밖에서 감춰 놓은 곡식을 뒤지려고 나타난 면서기와 순사를 보고 정신대를 뽑으러 오는 줄 지레짐작을 한 부모가 딸애를 헛간 짚더미 속에 숨겼다고 했다. 공출 독려반들은 날카로운 창이 달린 장대로 곡식을 숨겨 두었음 직한 곳이면 닥치는 대로 찔러 보는 게 상례였다. 헛간의 짚가리로 창을 들이대는 것과 그 부모네들이 안 된다고 비명을 지른 것은 거의 동시였다. 창 끝에 처녀의 살점이 묻어 나왔다고도 하고, 꿰진 창자가 묻어 나왔다고도 하고, 처녀는 그 자리에서 죽었다고도 하고, 피를 많이 흘리면서 달구지로 읍내 병원으로 실려 갔는데 죽었는지 살았는지 모른다고도 했다. 아무튼 그 소문의 파문은 온 면 내의 딸 가진 집을 주야로 가위눌리게 했다. 끔찍한 일이었다.

도시에서 군수 공장에 다니는 곱단이의 오빠가 종아리에 각반을 차고 징 달린 구두를 신은 중년 남자를 데리고 내려왔다. 신의주에 있는 중요한 공사판에서 측량 기사로 있는, 한 번 장가갔던 남자라고 했다. 곱단이 부모로부터 그 흉흉한 소문을 듣고 급하게 구해 온 곱단이의 신랑감이었다. 첫 장가 든 부인이 십년이 가깝도록 아이를 못 낳아 내치고, 새장가를 든다는 그는 곱단이의 그 고운 얼굴보다는 별로 크지 않은 엉덩이만 유심히 보면서, 글쎄, 아이를 잘 낳을 수 있을까? 연방 고개를 갸우뚱, 그닥 탐탁지 않아 했다고 한다. 그러나 워낙 총각이 씨가 마른 시대였다. 게다가 지금 그 늙은 신랑감이 하고 있는 일은 군사적인 중요한 일이라 징용은 절로 면제된다고 한다. 곱단이네는 그 고운 딸을 번갯불에 콩 궈 먹듯이 그 재취 자리로 보내 버렸다.

곱단이가 어떤 심정으로 그 혼사에 응했는지는 알 길이 없다. 피를 보면 멀쩡한 사람도 정신이 회까닥해진다고 하지 않는가? 피 묻은 소문도 마찬가지였다. 곱단이네 식구뿐 아니라 마을 사람들도 이성을 잃고 말았다. 만득이와 곱단이의 연애를 어여삐 여기고, 스스로 증인이 된 마을 어른들도 이제 곱단이를 위해 할 수 있는 일은 일본군한테 내주지 않는 일뿐이었다. 더군다나 곱단이 어머니는 피가 무서워 닭 모가지 하나 못 비트는 착하디 착한 위인이었다. 그 피 묻은 소문에 살이 떨려 우두망찰했을 것이다. 곱단이는 만득이와의 언약을 저버리고 딴 데로 시집을 가느니 차라리 죽고 싶었을 것이다. 그러나 그녀도 스스로 제 목숨을 끊을 만큼 모질지는 못했다. 죽은 것과 마찬가지로 넋을 놓아 버리는 게 고작이었을 것이다. 곱단이네서 혼자를 치르고 사흘 만에 신랑을 따라 집을 떠나는 곱단이는 사자(死者)를 분단장해 놓은 것처럼 섬뜩하니 표정이라곤 없었다.

멀고 먼 신의주로 시집 가 첫 근친도 오기 전에 해방이 되었다. 그녀는 열아홉에 떠난 지붕 노란 집에 다시 돌아오지 못했다. 우리 고장은 아슬아슬하게 38 이남이 되어 북조선의 신의주와는 길이 막히고 말았다. 만득이는 살아서 돌아왔다. 그 이듬해 만득이는 같은 행촌리 처녀인 순애와 혼사를 치렀다. 순애는 투덕투덕 복 있게 생긴 처녀였지만 곱단이에겐 댈 것도 아니었다. 혼삿날 마을 풍속대로 신랑을 달았는데 군대나 징용 갔다가 심성이 거칠 대로 거칠어져 돌아온 청년들이 어찌나 호되게 신랑

발바닥을 때렸던지 만득이가 엉엉 울었다고 한다. 만득이 또한 군대 가서 고초를 겪을 만큼 겪었는데 그까짓 장난삼아 치는 매를 못 견디어 울었을까? 울고 싶어, 실컷 울고 싶었을 것 같다. 이렇게 만득이의 일거수일투족을 곱단이와 연관지어 생각하고 싶은 게 아직도 두 사람의 어여쁜 사랑을 못 잊어 하는 마을 사람들의 심정이었으니 그리로 시집 간 순애의 마음도 편치는 않았을 것이다. 그러나 두 사람은 마을 사람들이 금실을 확인해 볼 겨를도 없이 곧 서울로 세간을 냈다. 외아들이었지만 서울 누나가 동생의 일자리를 구해 놓고 데려갔다.

6 · 25 전쟁 후 38선 대신 그어진 휴전선은 행촌리를 휴전선 이북 땅으로 만들어 놓았다. 그 동안 서로 만나지는 못했어도 귀향길에 만득이가 순애하고 곧잘 산다는 소식 정도는 들을 수 있었는데 그나마 못 듣게 되었다. 6 · 25 전쟁 때 죽지 않았으면 같은 서울 하늘 밑 어디메 살아 있겠거니, 문득문득 생각이 나던 것도 잠시 만득이는 내 기억 속에 아주 사라져 버렸다. 서울살이라는 게 촌수 닿는 친척도 결혼 청첩장이나 부고나 받아야 마지못해 챙길 정도로, 이해 관계가 닿지 않는 인간 관계는 지딱지딱 잊게 돼 있었다.

만득이를 서울에서 다시 만난 지는 채 십 년도 안 된다. 지금은 돌아가셨지만 그 때까지는 생존해 계시던 삼촌이 우리 고향 군민회에 가 보고 싶다고 하셔서 모시고 간 자리에서였다. 실향민들이 마음을 달래려는 자리가 흔히 그렇듯이 노인네들 천지였다. 매년 열리는 군민회의라지만 삼촌처럼 처음 간 분은 서로 알아보는 데도 한참 시간이 걸렸다. 알아보는 걸 도와 주려는 주최 측의 배려로 면 단위로 나눠서 자리를 잡았고, 우리끼리 다시 리 단위로 무리를 만들었다. 행촌리는 나하고 삼촌하고 낯 모르는 노부부 네 사람밖에 없었다. 그 이듬해 돌아가신 삼촌은 그때도 이미 여든 가까운 연세셔서 고향의 흙 냄새 대신 고향 사람 채취라도 맡고 싶은 마음에 느닷없이 군민회 나들이를 하고 싶어한 것 같다. 죽을 날이 가까우면 안 하던 짓을 하게 되는 걸 자손들은 가벼운 망령 정도로 취급했다. 오죽해야 조카가 모시고 가게 됐을까. 행촌리 노신사도 삼촌을 알아보는 것 같지 않았다. 그냥 어른 대접으로 행촌리 살던 아무개라고 공손하게 인사를 했지만 나는 별로 귀담아듣지 않아 못 알아들었다. 나중에 그가 나에게 명함을 주며 인사를 청하지 않았으면 아마 끝까지 못 알아보았을 것이다. 무슨 전업사 대표 장만득으로 돼 있는 명함을 보고 나서야 뭔가 이상해서 다시 한 번 쳐다보니, 젊은 날의 그가 어디 숨어 있다가 고개를 내밀듯이 분명하게 떠올랐다. 몸집도 별로 불지 않고 얼굴도 잘 늙지 않는 동안이었다.

나하고 그는 그닥 친한 사이가 아니었다. 그는 곱단이 것이었으므로 당시의 우리 또래들은 다들 그를 소 닭 보듯 하는 걸 예절로 알았다. 그건 장만득 씨도 마찬가지였을 것이다. 그는 워낙 마을에서 유명했지만, 유명 인사가 팬을 알아보란 법은 없다. 나는 그에게 하나도 안 변했다고 말하고 나서 쑥스럽게 웃었다. 한참 동안 못 알아본 주제에 그건 말도 안 되는 소리였기 때문이다.

순애를 떠올리는 건 더욱 불가능했다. 이 유복하고 금실 좋아 보이는 노부부 중 한쪽이 순애인지도 자신이 없었다. 오히려 순애 쪽에서 나에게 아는 척을 하며 하나도 안 변했다고 해 줘서 순애려니 했다. 나는 학교 다닌답시고 학교도 안 다니는 집에서 바느질이나 배우는 나보다 나이 많은 애들하고 동무한 적이 없었다. 만득이하고 순애는 보기 좋은 부부였다. 그냥 헤어지기는 섭섭하여 서로 전화 번호를 교환했는데 뜻밖에도 순애가 자주 전화를 해서 점심도 같이 하고 쇼핑도 같이 하는 교분이 이어졌다. 그 여자는 장만득 씨가 아직도 곱단이를 못 잊고 있다는 얘기를 하소연했다.

아우님, 다들 나더러 팔자 좋다고 하지만 나 같은 빛 좋은 개살구도 없다우. 아우님이니까 얘기야, 딴 사람들한테 아무리 얘기해 봤댔자 나만 이상한 사람 되지 누가 내 속을 알겠수. 돈 잘 벌고 생전 외도라곤 모르고, 애들한테 잘 하고, 나한테도 죄지은 것 없이 죽는 시늉도 하라면 하는 남편이 어디 있냐고들 하지만, 아마 나처럼 지독한 시앗을 보고 사는 년도 없을 거유. 곱단이 년이 내 남편한테 찰싹 붙어 있다는 걸 번연히 알면서도 머리채를 잡을 수가 있나, 망신을 줄 수가 있나, 미칠 노릇이라우. 그래도 내가 아우님을 만났게 망정이지. 그렇지 않았으면 이 억울한 사정을 누구한테 말이라도 할 수 있겠수. 그 영감 지금도 글쎄 그년한테 연애 편지를 쓴다니까요. 설마라고? 나도 처음엔 설마 했지. 지도 쑥스러운지 시를 쓴다고 합디다. 내가 몰래 훔쳐봤더니 뭐 '그대 어깨가 살구꽃 내리네.' 아니면 '살구꽃은 해마다 피는데, 우리 임은 왜 한 번 가고 다시 아니 오시나.' 이 따위가 연애 편지지 그래 시란 말이유. 그뿐인 줄 알아요? 우리가 작년 중국 여행을 갔을 적에도 얼마나 내 오장을 뒤집었다구요. 속 모르고 따라간 나도 배알 빠진 년이지만, 백두산 구경하고 나서, 단동인가 어디서 배를 타고 북한 땅 가까이까지 가 보는 압록강 유람선 관광이라는 걸 했는데, 정말 저 쪽 북한 땅 강가에 놀이 나온 아이들까지 보이게 배가 가까이 가니까 나도 마음이 좀 이상해집디다. 그냥 뱃놀이를 편하게 즐기는 건 다 중국 사람들이고, 표정이 심각하게 굳어지는 건 다들 남한 사람들이더라구요. 그 정도는 당연한 거지. 근데 우리 영감은 별안간 뱃전에다 고개를 떨구고 소리내어 엉엉 울지를 않겠수. 머리가 허연 늙은이가 온몸을 들먹이면서. 분단의 슬픔이라구? 아이구, 그게 아니라 거기서 보이는 땅이 신의주였어요. 곱단이 년 사는 데가 닿을 듯 닿을 듯, 닿지는 않으니까 미치겠는 거지 뭐. 당장 강으로 밀어처넣고 싶더라구요. 헤엄쳐서 어서 그년한테 가라구요. 그뿐인 줄 알아요. 여기서 돈 잘 벌고 사업 잘 하다가 느닷없이 아이들은 여기서 키우고 싶지 않다면서 미국으로 이민을 가잔 적이 다 있었다니까요. 지나 내나 영어 한 마디 못 하는 주제에 이민을 가자는 속셈이 뭐였겠수? 뻔하지. 미국 시민권을 얻으면 북한을 마음대로 드나든다면서요. 내가 그 꼬임에 넘어갈 성싶어요? 가려면 혼자 가라구, 가서 그년 데려다 잘 살아 보라고 했더니 나를 정신병자 취급하면서 주저앉습디다. 아이들한테는 끔찍한 양반이니까요. 실상 그거 하나 믿고 여지껏 서러운 세상 견딘 거죠.

간추리면 대강 그런 얘기였다. 아닌 게 아니라 그런 얘기는 곱단이와 만득이가 연애 걸던 시절을 아는 사람 아니면 도저히 먹혀들 것 같지 않은 이야기였다. 그러나 그 여자 레퍼토리는 그 몇 가지의 에피소드에 국한돼 있었다. 아직도 만득이가 곱단이 생각만 한다는 증거를 더는 대지 못했고, 나도 비슷한 얘기를 하도 여러 번 들으니까 넌더리가 나면서 그 여자보다는 장만득 씨가 불쌍해질 무렵 그 여자의 부음을 듣게 됐다. 장만득 씨가 상처를 한 것이다. 고혈압으로 몇 년째 약을 복용하고 있었는데, 돌연 쓰러진 후 의식을 회복하지 못한 채 사흘 만에 숨을 거두었다고 했다. 문상을 가서 그 여자의 영정 사진을 보고 섬뜩했다. 이십대 후반으로 밖에 안 보이는 사진이었다. 요샌 영정 사진도 너무 늙은 건 보기 싫다고, 아주 늙기 전에 찍어 놓는다고는 하지만 칠순의 남편이 눈물을 떨구고 있는 앞에 이십대의 사진은 너무했다 싶었다. 자식들이 문상객들의 그런 눈치를 채고, 어머니는 평소에도 나 죽거든 늙어 빠진 영정 쓰지 말라고 부탁하시더니, 돌아가신 후에 보니까 손수 마련해 놓으신 영정 사진이 있더라고 했다. 나는 나도 모르게 그 여자의 젊었을 적과 곱단이의 젊었을 적을 머릿속으로 비교하고 있었다. 댈 것도 아니었다. 내 상상 속에서 곱단이는 더욱 요요해지고, 그 여자는 젊다는 것 외엔 흔한 얼굴 그대로였다. 그리고 그제야 그 여자가 불쌍해졌다. 아아, 저 여자는 일생 얼마나 지독한 연적(戀敵)과 더불어 산 것일까. 생전 늙지도, 금도 가지 않는 연적이란 얼마나 견디기 어려운 적이었을까.

그 여자가 죽고 나서 만득이를 따로 만날 일이 있을 리 없었다.

그를 우연히 만난 것은 그가 상처하고 나서도 이삼 년 후 엉뚱하게 정신대 할머니를 돕기 위한 모임에서였다. 뜻밖이었지만, 생전의 그의 아내로부터 귀에 못이 박이게 주입된 선입관이 있는지라 그가 그 모임에 나타난 것도 곱단이하고 연결지어서 생각되는 걸 어쩔 수가 없었다. 모임이 끝난 후 그가 보이지 않자 나는 마치 범인을 뒤쫓듯이 허겁지겁 행사장을 빠져 나와 저만치 어깨를 축 늘어뜨리고 걸어가는 그를 불러 세웠다. 그리고 다짜고짜 따지듯이 재취 장가를 들었느냐고 물었다. 그는 아니라고 말하고 나서 앞으로도 할 생각이 없다고, 묻지도 않은 말까지 덧붙이는 것이었다.

왜요? 곱단이를 못 잊어서요? 여긴 왜 왔어요? 정신대에 그렇게 한이 맺혔어요? 고작 한 여자 때문에. 정신대만 아니었으면 둘이서 혼인했을 텐데 하구요? 참 대단하십니다.

내 퍼붓는 말에 그는 대답 대신 앞장서서 근처 찻집으로 갔다. 그 나이에 아직도 싱그러움이 남아 있는 노인을 마치 순애의 넋이 씐 것처럼 꼬부장한 마음으로 바라다보았다. 그가 나직나직 말했다.

내가 곱단이를 아직도 잊지 못한다는 건 순전히 우리 집사람이 지어 낸 생각이에요. 난 지금 곱단이 얼굴도 생각이 안 나요. 우리 집사람이 줄기차게 이르집어 주지 않았으면 아마 이름도 잊어버렸을 거예요. 내가 곱단이를 그리워했다면 그건 아마 누구에게나 있을 수 있는 젊은 날에 대한 아련한 향수였겠지요. 아름다운 내 고향에서 보낸 젊은 날을 문득문득 그리워하는 것도 죄가 되나요. 내가 유람선 위에서 운 것도 저게 정말 북한 땅일까? 남의 나라에서 바라보니 이렇게 지척인데 내 나라에선 왜 그렇게 멀었을까? 그게 서럽고 부끄러워 나도 모르게 눈물이 받친 거지, 거기가 신의주라는 건 별로 중요하지 않았어요.

오늘 여기 오게 된 것도, 글쎄요. 내가 한 짓도 내가 설명할 수 있을 것 같지 않지만 ……아마 얼마 전 우연히 일본 잡지에서 정신대 문제를 애써 대수롭게 여기지 않으려는 일본 사람들의 생각을 읽고 분통이 터진 것과 관계가 있겠죠. 강제였다는 증거가 있느냐, 수적으로 한국에서 너무 부풀려 말한다, 뭐 이런 투였어요. 범죄 의식이 전혀 없더군요. 그걸 참을 수가 없었어요. 비록 곱단이의 얼굴은 생각나지 않지만 나는 지금도 생생하게 느낄 수가 있어요. 곱단이가 딴 데로 시집 가면서 느꼈을, 분하고 억울하고 절망적인 심정을요, 나는 정신대 할머니처럼 직접 당한 사람들의 원한에다 그걸 면한 사람들의 한까지 보태고 싶었어요. 당한 사람이나 면한 사람이나 똑같이 그 제국주의적 폭력의 희생자였다고 생각해요. 면하긴 했지만 면하기 위해 어떻게들 했나요? 강도의 폭력을 피하기 위해 얼떨결에 십 층에서 뛰어내려 죽었다고 강도는 죄가 없고 자살이 되나요? 삼천 리 강산 방방곡곡에서 사랑의 기쁨, 그 향기로운 숨결을 모조리 질식시켜 버리니 그 천인공노할 범죄를 잊어버린다면 우리는 사람도 아니죠. 당한 자의 한에다가 면한 자의 분노까지 보태고 싶은 내 마음 알겠어요?

장만득 씨의 눈에 눈물이 그렁해졌다.

배반의 여름

그 때가 아마 내 나이 일곱 살 때였을 게다.
연년생의 누이동생이 다섯 살 나던 해 여름,
마을 앞을 흐르는 강이랄 것도 없는 개천에
빠져 죽은 다음 해 여름이었으니까.

배반의 여름

그 때가 아마 내 나이 일곱 살 때였을 게다. 연년생의 누이동생이 다섯 살 나던 해 여름, 마을 앞을 흐르는 강이랄 것도 없는 개천에 빠져 죽은 다음 해 여름이었으니까.

지금은 신흥 주택가가 되었지만 그 때만 해도 돼지 우리와 돼지 우리 비슷하게 생긴 인가가 지독한 똥냄새를 풍기는 채소밭 사이에 띄엄띄엄 흩어져 있는 시골이면서도, 인심과 주소만은 서울인 변두리에 우리는 살고 있었다.

마을 앞엔 개천이 있었는데 채소밭에서 나는 것과 같은 진한 똥냄새를 풍기며 어디서 어디로 흐르는지 모르게 질펀히 고여서 무수한 장구벌레를 키우고 있었다. 그러나 비가 오면 흐름이 빨라지면서 어른 한 길도 넘게 물이 불어나는 수도 있었다.

누이동생은 장마가 개고 불볕이 나는 칠월의 어느 날 거기에 빠져 죽었다.

내 뒤만 졸졸 따라다니는 게 성가셔서 감쪽같이 따돌리고 나서 불과 한 시간도 안 돼서 그 일은 일어났던 것이다.

칠월의 불볕 밑에 마을의 온갖 쓰레기가 버려져 왕벌만한 쉬파리가 붕붕대는 개천가 둔덕 위에 죽은 누이는 내다 버린 커다란 스폰지 인형처럼 누워 있었고, 사람의 목소리 같지도 않은 기성을 지르며 울부짖는 엄마의 얼굴에선 땀과 눈물과 머리카락이 뒤범벅이 되어 흘러내리고 있었고, 빙 둘러선 마을 사람들은 복날 힘을 모아 개를 두들겨 잡을 때처럼 무시무시하게 무표정했다.

나는 어디로든지 무작정 달아나야지 싶으면서도 한 발짝도 못

움직이고 그 자리에 못박힌 채 내가 저 스폰지 인형처럼 생명 없는 것의 오빠란 사실이 무서워서 울음을 터뜨렸다.

이 일이 있은 후 아버지는 엄마가 깜짝 놀랄 만큼의 돈을 들여 나를 어린이 수영 강습회나 하기 캠프 같은 데 참가시켜 주며 수영을 배우기를 바랐지만 나는 막무가내 뺑소니를 쳤다. 물 밑에는 어느 물 밑에고 누이동생의 원혼이 있어 나를 잡아당겨 놓아 주지 않을 것 같았다. 아버지도 내가 수영을 배우는 것을 단념한 것 같았다.

다음 해 여름 아버지는 해질녘이면 내 손목을 잡고 언덕 너머에 새로 생긴 사립 국민학교로 산보를 가는 일이 잦았다. 언덕 너머는 우리 동네보다 한 발 앞서 아름다운 주택가가 형성되고 사립 국민학교까지 들어섰고 그 사립 국민학교 수위하고 아버지는 친구였다.

학교 교정에는 별별 놀이틀이 다 있어 나는 세상 만난 듯이 놀이틀에서 장난을 치고 아버지는 수위실에서 잡담을 했다.

그 학교엔 놀이틀 말고도 풀이 있었다. 여름 방학에도 풀장만은 개방을 하는 모양으로 늘 물이 충충하게 고여 있었다. 해질 무렵의 풀 속은 깊이를 헤아릴 수 없을 만큼 짙푸른 색을 하고 있었고, 귀신 감은 머리가 휘감겨 오는 것처럼 음습하고 냉랭한 바람이 불었다.

나는 될 수 있는 대로 풀 가에는 가지를 않았다. 그 헤아릴 수 없이 충충한 깊이에서 나를 끌어 잡아당기는 힘이 작용하고 있는 것 같은 두려움 때문이었다.

유난히 무더운 어느 날이었다. 거의 어둑어둑해질 때까지 수위실에서 잡담을 하던 아버지가 미끄럼틀까지 나를 데리러 왔다. 심한 장난을 한 뒤라 온몸이 땀으로 끈적끈적했다.

아버지는 등에 찰싹 달라붙은 내 티셔츠를 들추고 통풍을 시켜 주며, 짜아식 집에 가서 목욕하고 자야겠다고 했다. 그러고는 내 손목을 잡고 풀장이 있는 데로 갔다. 아버지와 같이라면 풀도 조금쯤은 덜 무서웠다. 아버지는 건장한 몸집과 솥뚜껑 같은 손을 갖고 있었다.

아버지가 풀 가로 걷고 나는 안측으로 걸으면서도 겁이 나서 아버지에게 꼭 매달렸다.

별안간 내 몸이 공중으로 붕 떴다. 나는 비명을 지르면서 아버지에게 엉겨 붙었다. 그러나 아버지는 나를 가볍게 털어 냈다. 나는 물 속으로 조약돌처럼 풍덩 빠지며 낄낄낄 하는 아버지의 웃음소리를 들었다.

얼마 동안을 물 속에서 죽을 기를 쓰고 허위적댔는지 모른다. 가까스로 풀장 가의 손잡이를 붙잡고 보니, 어처구니없게도 목 위가 물 밖에 나왔는데도 발이 땅에 닿는 게 아닌가.

그 때까지도 아버지는 허리를 비틀고 낄낄대고 있었다. 마치 웃음이 사레가 들린 것처럼 격렬하고 괴롭게 아버지는 낄낄댔다.

순간 나는 아버지가 나를 물에 빠뜨려 죽이려 했구나 하고 생각했다. 아버지는 나보다 죽은 누이동생을 더 사랑했고, 그래서 내가 살아 남은 게 미워서 나도 누이동생처럼 물에 빠져 죽기를

바랄 수도 있다고 나는 내 추측에다 제법 논리적인 체계를 세웠다.

그것은 지독한 배신감이었다. 아버지뿐 아니라 풀도 나를 배신했다. 늘 헤아릴 길 없이 충충한 깊이로 나를 겁주던 풀이 내 한 길도 안 되는 깊이인 줄이야.

배신당한 충격과 분노가 도리어 나에게 수영을 배울 용기가 되었다. 그 해 여름 나는 자진해서 동네 교회당에서 가는 하계 캠프에 참가해서 수영을 익혔다. 처음에는 아버지에 대한 복수심으로 이를 부득부득 갈며 물에 대한 공포감에 도전하다가 어느 틈에 물개처럼 자연스럽게 물과 친해졌다. 아버지에 대한 오해와 앙심도 저절로 풀렸다.

국민학교 이 학년 때 우리 집은 갑자기 부자가 되었다. 우리 동네도 언덕 너머 동네처럼 새로운 주택지로 개발이 된다고 땅값이 오른 것이다. 아버지는 옳다구나 남보다 첫밗에 돼지 우리보다 조금 더 큰 집과 채마밭을 팔더니 서울 시내의 벽에 타일이 붙은 집을 사서 이사를 했다. 변소와 부엌에까지 타일이 붙은 집은 너무 으리으리해서 마치 꿈만 같았다.

그리고 아버지는 취직을 했다. 아아, 아버지는 얼마나 훌륭하고 늠름해진 것일까. 내가 아는 어떤 애의 아버지도 나의 아버지처럼 훌륭하지 않았다. 자기 아버지가 사장이라고 대령이라고 교수라고 으스대는 애 아버지도 봐 봤지만 나의 아버지에 대면 아무것도 아니었다. 나의 아버지에겐 어떤 딴 아버지하고도 안 닮은 훌륭함이 있었다.

나는 나의 아버지 아닌 딴 아버지를 볼 때 하나같이 한 마디로 쪼오다라고 생각했다. 어쩌면 그렇게 세상의 아버지란 아버지는 허약하고 비굴하고 비실비실해 뵈는 쪼오다일까.

나의 아버지만 아니었다면 나는 아예 어른이 되고, 아버지가 되는 일을 면할 수 있는 방법에 공부 대신 몰두했을 것이다. 나에겐 나의 아버지가 있었다. 나는 나의 아버지의 훌륭함을 사랑했고 자랑스러워했고 거기 황홀했다.

채마밭을 가꾸며 과수원으로 품팔이를 다니던 아버지는 단단하고 장대한 체구를 가지고 있었다. 든든한 목과 정직한 눈과 완강한 턱과 넓은 가슴과 대들보 같은 허리와 길고 날렵하고 건강한 다리는 아무하고도 안 닮은 아버지만의 것이었다. 제아무리 보디빌딩으로 단련된 훌륭한 육체도 아버지의 것과 견주면 생귤과 플라스틱 귤을 견주는 것만큼이나 뚜렷한 차이가 났다.

게다가 아버지는 아무하고도 안 닮은 아버지만의 복장을 하고 있었다. 그것은 아버지가 취직하고 나서 하루도 안 빼고 입는 옷으로 늠름함을 더욱 돋보이게 하기 위해 재단된, 아버지같이 잘난 사람에게만 허락된 특별한 옷이었다.

그 옷은 여름이나 겨울이나 까마귀처럼 윤택하게 새까맣고 찬란한 금빛 단추가 필요 이상으로 여러 개 달렸고, 소맷부리와 모자에 굵은 금줄을 두른 비상식적이리만큼 화려한 옷이었다. 그런 옷에 의해 압도되지 않고 돋보일 수 있는 사람은 세상에 아버지밖에 없을 것 같았다.

세상에 검은빛과 황금빛의 대비처럼 화려하면서도 장엄한 대비가 또 있을까. 그 옷엔 넥타이 따위는 필요 없었다. 넥타이란 넥타이 빼면 남성으로서 헛것인 쪼오다들이나 맬 것이구나 하는 생각이 그 옷만 보면 저절로 났다.

그 옷을 입은 아버지는 나에게 힘과 권위의 상징처럼 보였다. 그 때 내 밑에는 사내 동생이 둘이 있어서 우리는 아들만 삼형제였다. 아침에 아버지가 그 옷을 입고 막내 동생의 몸통만한 새까만 구두를 신고 출근을 할 때면 우리 삼형제는 일렬로 정렬을 했다. 그리고 내가 늠름하고 훌륭한 우리 아버지에 대한 벅찬 경의와 감동으로서 '차렷' '경롓' 을 호령하면 동생들은 엄숙하고도 진지한 내 동작을 그대로 흉내 내 두 발을 모으고, 꼿꼿이 서서 오른손을 눈썹 위로 올려붙였다.

그러면 아버지는 고개를 끄덕이고, 보일 듯 말 듯한 미소를 짓고 걸음 너비가 넓은 특이한 걸음걸이로 뚜벅뚜벅 걸어 나갔다. 그 보일 듯 말 듯한 미소, 고집스러운 턱의 선이 약간 부드러워지는 정도의 미소에 나는 얼마나 매혹됐던가.

나의 아버지는 자식들이나 아내의 낯간지러운 '빠이빠이' '일찍 들어오셔야 해요' 따위 소리를 들으며 출근하는 쪼오다 아버지가 아니었다. 나의 아버지는 백만 대군을 사열하는 장군처럼 장엄하게 출근을 했다.

동생들은 어른들이 커서 뭐 될래, 하고 물으면 하나같이 아버지가 될래, 라고 대답했다. 대통령이나 장군이나 사장이나 그런 게 되겠다는 대답을 기다렸던 어른들은 실망을 했고, 그 실망을 이상한 잡소리로 위로하려 들었다. "오메, 요 대가리에 피도 안 마른 쪼오그만 녀석 하는 소리 좀 봐. 뭔 노릇 해서 밥벌이할 것인가가 급하잖구 아새끼 만드는 게 더 급한 줄 아나베."

동생들이 되겠다는 아버지가, 결코 남자가 여자 만나서 애 낳게 하면 되는 생리적인 아버지가 아니라 나의 아버지 같이 뛰어나게 훌륭한 인격이라는 걸 어른들은 이해하지 못했다.

그 때도 여름이었다. 방학한 지 며칠 안 되는 어느 날 아버지는 느닷없이 나를 데리고 출근하겠다고 선언했다. 나는 너무 좋아서 펄쩍펄쩍 뛰었다. 그 금빛 찬란한 옷을 입고 수행하는, 이 세상에서 가장 남자다운 훌륭한 일의 현장에 있을 수 있다는 흥분으로 몸도 마음도 마구 뛰었다.

뜻밖에도 엄마가 그건 안 된다고 내 몸을 꽉 붙들었다. 아버지는 왜 안 돼, 왜 안 된다는 거야? 하면서 나를 빼앗았다. 워낙 힘의 대결에 있어서 엄마는 아버지의 적수가 못 되었는 데다 아버지에게로 가겠다는 내 힘까지 작용하고 보니 엄마는 검부락지처럼 무력하게 나를 아버지에게 빼앗겼다.

엄마는 나를 빼앗기고 나서도 몇 번 더 안 된다고 부르짖는 것 같았다. 그러나 그 때 이미 나는 아버지에게 손목을 잡힌 채 껑충껑충 신바람이 나서 뛰고 있었다.

아버지와 나는 버스를 탔다. 버스가 달릴수록 우리 동네보다 길도 넓어지고 집도 커지고 차와 사람이 많아지는 것 같았다. 나는 우리 동네가 서울 시내인 줄 알았는데 아버지는 넋을 잃고 창밖을 바라보는 나한테 "정신이 없지? 여기가 시내란다." 하고 말을 걸었다. 내가 대답을 안 하자 "짜아식, 촌놈이라 별수 없구나. 질려서 얼이 쏙 빠져 버렸잖아?" 하기도 했다.

무지무지하게 높은 집만 있는 동네에서 버스를 내렸다. 사람이 너무 많아 여기서 아버지를 잃으면 생전 못 찾을 것 같아서 나는 아버지의 손을 더욱 꼭 붙들었다. 문득 아버지를 따라나온 게 후회스러웠다. 몇 년 전 나를 뿌리쳐 풀 속에 팽개쳤듯이 이 엄청난 인파 속에 아버지가 나를 팽개칠지 모른다는 생각이 들기 시작했다.

물 속에선 헤엄이라는 거라도 칠 수 있지만 인파에 빠진 촌놈은 도대체 무엇을 할 수 있단 말인가. 그러나 아버지는 나를 뿌리치지 않았을 뿐더러 더욱 꼭 붙들어 주었다.

칠 층인가 팔 층인가 되는 회색 빛깔의 집 앞에서 아버지는 멎었다.

"여기가 아빠 직장이란다."

큰 집이었지만 그 근처엔 십 층도 넘는 집이 수두룩해서 나는 가볍게 실망했다.

아버지와 내가 문 앞에 서자 문이 저절로 열렸다. 나는 아버지를 위해 문을 열어 준 시중꾼을 찾아내려고 두리번거렸으나 아무도 찾지를 못했다.

저절로 열리는 문을 들어서자마자 제일 먼저 있는 방으로 아버지가 들어섰다. 그 방은 드나드는 사람을 빤히 살펴볼 수 있는 유리창이 달려 있었고, 딱딱한 비닐 의자가 서너 개, 회색빛 호마이카 테이블과 전화가 있을 뿐인 좁고 살벌한 방이었다.

게 좀 앉았거라, 하면서 아버지는 모자를 벗고 이마의 땀을 닦았다. 나는 처음으로 이 여름에 아버지는 저 검은 양복으로 얼마나 더울까 하는 생각을 했다.

자동문 밖에 새까만 차가 멎더니 대머리가 까진 키가 작고 넥타이를 맨 쪼오다 티가 더럭더럭 나는 남자가 나타났다. 아버지는 질겁을 해서 뛰어나갔다. 그러더니 꼿꼿이 서서 우리 삼형제가 매일 아침 아버지한테 하는 것 같은 '경렛' 을 그 쪼오다한테 엄숙하게 올려붙이는 것이었다.

나는 너무 놀라서 그 쪼오다가 아버지를 거들떠봤는지 안 봤는지 그것을 살필 겨를도 없었다. 승용차는 연달아 자동문 밖에 와서 멎고, 아버지와는 너무도 딴판인, 억수같이 퍼붓는 소나기 속을 물 한 방울 안 맞고 십 리도 가게 생긴 새앙쥐 같은 사내들이 그 속에서 내렸고, 그 때마다 아버지는 경의를 과장한 '경렛' 을 올려붙였다.

넥타이 맨 새앙쥐 같은 사내들은 하나같이 아버지의 존재를 무시하고 점잖게 걸어 들어갔지만, 실은 아버지의 존재를 강렬하게 의식하고 있다는 걸 나는 알 수가 있었다.

아버지의 당당한 거구와 비상식적인 화려한 옷은 실은 아버지의 것이 아니었던 것이다. 넥타이 맨 새앙쥐들의 우월감과 권위의식을 충족시키기 위한 어릿광대의 의상이었던 것이다.

나는 그제서야 아버지의 방 유리창에 '수위실' 이라고 써 있는 걸 읽을 수가 있었다. 그나저나 아버지는 왜 나에게 자기의 어릿광대질을 보여 주려고 했을까. 높은 분의 아침 마중을 끝낸 아버

지가 수위실로 들어왔다. 그리고 별안간 낄낄댔다. 웃음이 사레가 들려 더 지독한 웃음이 되어, 아버지의 웃음은 좀체 멎지를 못했다. 그것은 질자배기 깨지는 소리였으며, 동시에 나의 우상이 깨지는 소리였다.

나는 수위실을 뛰어나왔다. 내 앞을 가로막는 문이 다시 스르르 열렸다. 나는 어느 틈에 건물 밖으로 밀려나 있었다. 아버지는 나를 붙들지 않았다. 아니 또 한 번 팽개쳤던 것이다. 나는 도시의 인파 속에서 몇 년 전 풀 속에서 허우적대듯 허우적댔다. 그리고 풀 속에서 듣던 것과 똑같은 아버지의 웃음소리를 들었고, 풀 속에서처럼 고독했고 풀 속에서처럼 이를 갈며 아버지에게 앙심을 먹었다.

내가 고등학생이 되자 아버지도 많이 늙었다. 나는 그 나이가 되도록 그런 어릿광대스러운 양복을 입고 수위 노릇을 해야 하는 아버지에게 연민을 느낄지언정 앙심이 남아 있을 리 없었다.

나는 아버지를 우상처럼 섬기는 대신 사랑했고, 대신 새로운 우상을 섬기고 있었다. 새로운 우상은 전구라 선생이었다. 내 방에는 전구라 선생의 다섯 권 전질의 전구라 사상 전집이 있었고, 일곱 권 전질의 전구라 수필집이 있었고, 여섯 권 전질의 전구라 문학 전집이 있었고, 열 번도 넘어 읽어 종이가 풀솜처럼 부드러워진 《청소년이여, 야망을 가지라》는 전구라 선생의 청소년을 위한 문집이 있었고, 액자 속에 전구라 선생의 사진이 있었다.

전구라 선생이야말로 내 흠모와 동경을 아무리 바쳐도 아깝지 않을 인격이었다. 그는 뛰어난 사상가요 문필가였을 뿐 아니라, 명교수였고, 정치에도 깊은 관심이 있어 높은 관직을 여러 번 거쳤고, 현재도 모 고위층의 막후 인물로 널리 알려져 있었다. 간혹 그런 걸 갖고 그 분의 인격의 옥의 티로 삼으려는 사람도 있었지만, 나는 오히려 그런 것으로 더 그 분을 존경했다. 이론과 행동을 한 몸에 갖춘다는 것, 그건 아무나 할 수 있는 것이 아니기 때문이다. 그 분은 이론과 행동뿐 아니라 한 몸에 지(知)·정(情)·의(意)가 원만히 조화된 전인이었다.

그는《청소년이여, 야망을 가지라》의 서두에서 그의 생애를 지배해 온 세 가지의 정열에 대해 말하고 있다. 그것은 사랑에 대한 동경과, 지식의 탐구와, 고통받고 박해받고 있는 약하고 가난한 이웃들에 대한 참을 수 없는 연민이라는 거였다. 그 대목은 늘 내 정결한 피를 끓게 했다. 그것이야말로 사람이 죽는 날까지 정열을 바칠 가치가 있는 거였다.

나의 이런 감동을 마음에 맞는 친구에게 나누려고 했을 때 그 친구는 시들하니 말했다. "야, 야, 웃기지 마라. 그 소리는 전구라가 하기 전에 이미 러셀이 써먹은 소리야."

나는 그 순간부터 그 친구를 경멸했다. 누가 그 소리를 먼저 했느냐가 무슨 그리 큰 문젠가. 누가 정말 온몸으로 그렇게 살았나가 문제지. 나는 그의 그 소리가 결코 러셀의 메아리가 아닌 그의 육성임을 믿어 의심치 않았던 것이다.

나는 그의 생애를 지배해 왔다는 세 가지 정열 중, 특히 버림받고 약한 이웃에 대한 연민에 깊이 공감하고 있었다. 노년으로 접어든 근래의 그를 지배하는 것 역시 세 번째 정열이라는 걸 나는 알고 있었다.

빼놓지 않고 읽는 그의 글 도처에 이 희생자들에 대한 연민과 이들에게 희생을 강요하는 악에 대한 분노의 괴로움이 진땀처럼 끈끈하게 배어 있었기 때문이다.

나는 그의 저서와 그의 사진이 있는 옹색한 내 방에서 그의 인격을 흠모하며 원대한 꿈을 키웠고, 그의 사상과 이념을 정신의 지주로 삼아 면학에 힘썼다.

어느 무더운 여름날이었다. 나는 더위를 무릅쓰고 교과서와 씨름하고 있었다. 친구들은 산으로 바다로 바캉스를 떠났지만 나는 조금도 그들이 부럽지 않았다. 친구들이 살을 태우고, 기타를 치고, 고고를 추고, 여학생을 꼬드길 동안 나는 내 내면에 보화를 축적하고 있다는 자부심이 있었다.

아버지가 내 방으로 들어왔다. 좀처럼 없는 일이었다. 비좁은 방을 아버지의 거구가 가득 채우니까 숨이 막혔다. 나는 아버지가 빨리 나가 주길 바랐다. 더위 때문만은 아니었다.

아버지는 마치 벽에 걸린 전구라 선생의 사진에 이끌려서 들어온 것처럼 그것만 바라보면서 나갈 척도 안 했고, 나는 아무리 내 아버지지만 전구라 선생을 그런 시선으로 바라보는 걸 참을 수 없었다.

아버지는 아마 그 사진이 내 또래의 고등학생이 흔히 좋아하는 가수나 배우의 사진인 줄 아는 모양이었다. 그럴 법도 했다. 내가 걸어 놓고 있는 사진은 전구라 선생의 저서에서 떼어 낸 사진으로 근영이 아니라 젊었을 적의 사진으로 상당한 미남이었으니까.

아버지는 배우 가수를 통틀어 딴따라라 불렀고, 무슨 근거로 그러는지 자기만 못한 유일한 직업으로 알고 경멸하는 버릇이 있었다. 젊은애들 생각을 거의 무조건 추종하는 아버지였지만 그 낡은 생각만은 못 버리고 있었다.

틀림없었다. 아버지는 전구라 선생을 딴따라로 알고 있었다. 그렇지 않고서야 저다지도 심한 경멸과 천대의 시선으로 바라볼 까닭이 없었다.

나는 그 사진이 딴따라 사진이 아니란 걸 설명하기 전에 우선 그 사진을 모독으로부터 지키고 싶었다. 나는 그 사진과 아버지 사이를 가로막고 섰다.

"비켜, 인석아, 신선한 공부방에 저 따위 사진을 붙여 놓고 공부가 될 성싶으냐, 인석아."

"아버지 이 분은 딴따라가 아네요."

"알아, 인석아, 저 작자가 딴따라만도 못한 작자라는 걸."

딴따라만도 못한 작자라니, 나는 화끈한 분노를 느꼈고 아버지 역시 나만 못지 않은 분노에 떨고 있다는 걸 알 수 있었으나 그 분노를 이해할 수는 없었다.

"아버지 말조심하세요. 이 분은……."

"알아. 그 작자 전구라 아니야?"

"아니 아버지가 어떻게 이 분을……."

"왜 아버진 그 작자 좀 알면 안 되냐? 한땐 그 작자가 아버지

발 밑에 엎드려 살려 달라고 싹싹 빈 적이 있었느니라."

아버지는 어느 틈에 분노를 가라앉히고 있었고, 싱글싱글 입가에 웃음마저 감돌고 있었고, 길게 얘기하고 싶은 모양으로 이불 개켜 놓은 걸 의자 삼아 편한 자세를 취하고 있었다.

나는 어떤 예감으로 가슴이 고통스럽게 죄어 왔다. 그건 아버지가 또 한 번 낄낄거릴 것 같은 예감이었다. 나를 풀 속으로 팽개치고 나서, 또 자동문 밖으로 팽개치고 나서 낄낄대던 그 기분 나쁜 웃음을 뱃속 가득히 품고 있는 얼굴로 아버지는 나를 쳐다보고 있었다.

"그, 그럴 리가요? 아버진 뭔가 잘못 알고 계신 겁니다."

나는 허위적대듯이 가까스로 말했다.

"인석아, 서둘지 말고 남의 말을 좀 들어 봐."

아버지는 밉살머리스럽도록 유들유들했다.

"너도 알지? 우리가 저 녹번리 지나 구파발 살 때 놀러 다니던 사립 국민학교 수위 아저씨 말야. 그 사람 좋은 장씨 아저씨 생각나지? 우리가 지금 집으로 이사오고 나서 몇 년 있다 일어난 일인데, 어느 날 그 아저씨가 얼굴이 사색이 돼 가지고 우리 집에 돈을 꾸러 왔지 않겠니? 그 아저씨 장가든 지 십 년이 넘도록 애가 없어서 이제 영 못 낳거니 하고 있던 차에 마누라가 애를 배게 되어, 세상에 자기 혼자서만 애 아범 되는 것처럼 열 달 내내 싱글벙글 입을 헤벌리고 산 것까지는 좋았는데, 막상 달이 차고 나서도 배만 들입다 아프지 그 빌어먹을 놈의 아새끼가 나와야 말이지. 산모, 장모, 애 아범이 합세를 해서 이빨이 다 근덩근

덩하도록 안간힘을 써도 이 놈의 아새끼는 안 나오고 산모는 그만 숨이 넘어가려고 하더란 말이야. 그제서야 부랴부랴 병원으로 데리고 갔더니 한시 바삐 수술을 안 하면 산모고 아기고 다 가망 없다고 하더라지 뭐냐? 이 친구 어서 수술을 해 달라고 의사한테 애걸을 하고는 나한테 수술비를 꾸러 달려왔더라. 나도 온 집안에 있는 돈을 다 긁어모아 봐도 텍도 없고, 생각다 못해 구파발 땅 판 돈에서 집 사고 남은 걸 장사하는 친구한테 주어 갖고 이자 몇 푼씩 받는 돈이라도 달래 볼까 해서 장씨 아저씨를 앞세우고 나섰지 뭐냐? 그런데 그 때만 해도 택시 요금이 얼마나 싼지 어중이떠중이 택시 아니면 요기서 조기도 못 가는 줄 알던 때라 엥간한 재주 갖곤 당최 택시를 잡을 수가 있어야지. 참 환장하겠더라. 어쩌다 빈 택시가 오면 열 명 스무 명 달려드는데 하여튼 그 땐 재빨리 손잡이를 잡고 뛰는 놈이 임자였으니까. 별 수 있니, 내가 차도로 나섰지. 손님이 내릴 듯이 속도를 늦추기 시작하는 택시 손잡이를 잡고 무작정 뛰었지. 거진 버스 한 정거장 거리는 되게 뛰고 나서 정말 택시가 서고 손님이 내리더라. 나는 우선 장씨 아저씨를 찾았다. 이 친구 고꾸라질 듯 고꾸라질 듯하면서도 잘 뛰어오더군. 근데 그 사이에 어떤 작자가 그야말로 꼭 새앙쥐같이 내 겨드랑 밑으로 쏙 빠지더니 택시 속에 들어앉는 거야. 그러더니 운전수 갑시다, 하며 제법 점잔을 떨잖아. 나나 장씨 아저씨나 눈에서 불이 안 나게 생겼냐 말이다. 그래도 우린 애걸을 했다. 통사정을 하면서 말이다. 근데 이 새앙쥐 같은 작자가 뭐랬는 줄 아니? 우리한테는 아예 대꾸도 안 하고 운

TAXI
서울 가
0629

전수한테, 어서 가잖구 뭘 하구 있어, 택시는 먼저 타는 게 임자야, 글쎄 이러더란 말야. 나는 암말 안 하고 이 새앙쥐 같은 작자를 내 이 단 두 손가락으로 끄집어 냈지. 젓가락으로 간장 종지에 빠진 파리 집어 내기보다 더 쉽더라니까. 근데 이 작자가 별안간 계집이나 지를 것 같은 비명을 지르더니 길바닥에 나자빠지는 거야. 그러더니 어디 대령하고 있었다는 듯이 순경이 달려오고 우린 어느 틈에 폭력 사범이 되어 있더란 말야. 장씨 아저씨가 자기가 쳤다고 순순히 폭력 사실을 인정해서 난 곧 풀려났지. 뭐 인석아, 내가 비겁하다구? 원 녀석도 눈치가 그렇게 없냐? 내가 우선 풀려나야 돈을 돌려다가 수술을 시켜서 산모고 아이고 살릴 거 아냐? 나는 그까짓 장씨 아저씨야 어찌 되었든 간에 걸음아 날 살려라 그 자리를 비켜나 장사하는 친구네로 가서 돈을 마련해 갖고 병원으로 갔지. 그래도 병원 하나는 잘 만나 수술비도 내기 전에 수술을 해서 산모와 아기가 다 목숨을 건졌더라. 게다가 아이가 아들이야. 한숨 돌리고 경찰서로 달려갔더니 맙소사 그 새앙쥐한테 삼 주일의 상해 진단서가 떨어지고 장씨 아저씬 유치장이야. 그 새앙쥐가 고소를 취하하지 않는 한 재판받고 실형이 선고되기가 십중팔구라지 뭐니? 그 녀석 지지리도 복도 없는 놈이지, 장가가고 십사 년 만에 첫아들 보는 날 유치장엘 들어가다니 별수 없더구나. 그래서 솔직히 털어놓았지. 실상은 내가 그 새앙쥐에게 상해를 입힌 장본인이라고. 그러나 이미 장씨 아저씨가 범인이 되어 있는 게 엿장수 마음대로 번복될 수 있는 게 아니더라. 방법은 딱 하나 그 새앙쥐가 고소를 취하하는 방법밖에 없다는 거야. 나는 거의 매일같이 그 새앙쥐네를 드나들며 갖은 구차한 통사정을 다하고 제발 우리 불쌍한 친구를 위해 자비를 베풀어 달라고 애걸을 했다. 그 새앙쥐 해 놓고 살기도 으리으리하게 해 놓고 살더라만 거만하긴 또 어찌나 거만한지. 나는 그때서야 그가 만만치 않은 세도가인 걸 알았지. 그는 내 애걸을 듣는 즉시 나를 거들떠도 안 보고 경찰서 누구누구, 검찰청 누구누구에다 대고 전화를 하는 거야. 여보게 내 차가 볼링하러 간 사이 생전 처음 택시를 이용하려다가 내가 이만저만한 봉변을 당했으니 그 놈은 중벌로 다스려 줘야겠네, 추상같은 법의 맛을 보여 줘야겠네, 이런 따위 전화 말야. 정말 미치고 환장하겠더라. 그런데 사람이 아주 죽으란 법은 없다구, 내가 그 놈에게 고소를 취하시키든지, 그 놈을 쳐 죽이든지 둘 중 안에 하나를 해야겠다는 비상한 각오로 간 날, 실로 요절복통할 일로 사건이 거꾸로 됐지 뭐냐? 나는 어떡하건 살인죄는 안 범하려고 덮어놓고 그 새앙쥐에게 손이 발이 되도록 빌고 또 빌었지. 새앙쥐는 끄덕도 안 하더군. 그러다가 나는 별안간 그 집 재떨이를 내 주머니에 다 털어 넣고 가가대소를 하며 일어섰지. 그 놈이 새파랗게 질리면서 내 바짓가랑이를 붙들고 늘어지더군. 재떨이에 뭐가 있었냐구? 인석아, 재떨이에 뭐가 있긴, 꽁초가 있었지. 그 새앙쥐는 그 때 켄트를 피우고 있었고, 그 때 한창 양담배 단속이 심할 때였거든. 신분의 고하를 막론하고 양담배를 피는 걸 들키면 오백만 원의 벌금을 물린다고 엄포를 놓을 때였으니까. 세상에 그 거만하던 새앙쥐가 일 초 간격으로 그렇게 비굴

해질 수 있을까. 알고 보니 거만과 비굴은 종이 한 겹 사이도 안 되더라. 그 새앙쥐 내 바짓가랑이를 붙들고 뭐라더라? 응 빠다제로 합시다, 이러더군. 빠다제가 뭔 소린지 알아들을 수 있어야 말이지. 아암 나는 켄트 피는 양반이니까 미제 빠다도 잡수셨겠지 어쩌구 하며 방바닥에 있는 그 작자의 켄트갑까지 얼른 내 호주머니에 집어 넣었지. 그 작자 떨리는 음성으로 그게 아니구 켄트 꽁초하고 고소 취하장하고 맞바꾸자구 하더군. 나는 얼씨구 고소 취하장에 도장 받고, 그래도 부족한 것 같아 높은 사람한테 고소 취하의 뜻까지 밝히게 하고 그제서야 주머니를 뒤집어 꽁초를 훌훌 털어 내고 나왔지. 꽁초도 미제 꽁초가 참 좋긴 좋더구나. 말이 꽁초지 끝만 조금씩 그슬린 장대 같은 꽁초였지만 말이다. 그 후 장씨 아저씨는 제꺼덕 풀려나서 아들 생면하고 마누라 붙들고 울먹이고 그랬지, 뭐. 그 새앙쥐가 누구냐구? 원 녀석도 그걸 몰라서 물어? 바로 전구라였다 이 말야."

그러더니 아버지는 허리를 비틀면서 낄낄대기 시작했다. 낄낄낄, 낄낄낄, 낄낄은 연방 사레가 들리면서 새로운 낄낄낄을 불러일으켜 격렬하고 고통스러운 웃음은 좀체 끝나지를 않았다.

나는 한꺼번에 여러 개의 질자배기가 깨지는 것 같은 웃음소리를 들으며 서 있는 땅이 자꾸 어디로 가라앉고 있는 것처럼 허전해진 채 허우적댔다.

아버지가 나를 풀 속으로 팽개쳤을 때 허우적대다 땅바닥을 딛기까지는 순식간이었고, 아버지가 자신의 우상을 스스로 깨뜨리고 나를 자동문 밖으로 팽개쳤을 때 허우적대다가 설 자리를 찾기까지는 꽤 오랜 시간이 걸렸었다.

그러나 지금의 이 허우적거림에서 설 자리를 찾고 바로 서기까지는 좀더 오랜 시일이 걸릴 것 같다. 어쩌면 내가 외부에서 찾던 진정한 늠름함, 진정한 남아다움을 앞으론 내 내부에서 키우지 않는 한 그건 영원히 불가능한 채 다만 허우적거림만이 있는지도 모르겠다.

내 홀로 늠름해지기란, 아, 아 그건 얼마나 고되고도 고독한 작업이 될 것인가.

나는 고독했다. 아버지의 낄낄낄이 내 고독을 더욱 모질게 채찍질했다.

자전거 도둑

수남이는 청계천 세운상가 뒷길의 전기용품
도매상의 꼬마 점원이다.
수남이란 어엿한 이름이 있는데도
꼬마로 통한다.
열여섯 살이라지만 볼은 아직 어린아이처럼
토실하니 붉고, 눈 속이 깨끗하다.

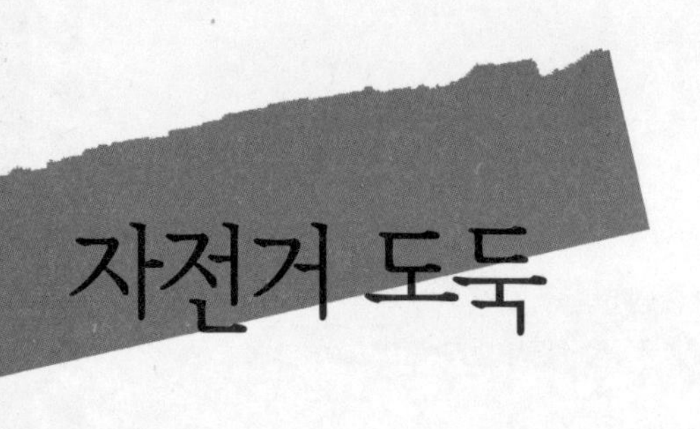

자전거 도둑

수남이는 청계천 세운상가 뒷길의 전기용품 도매상의 꼬마 점원이다.

수남이란 어엿한 이름이 있는데도 꼬마로 통한다. 열여섯 살이라지만 볼은 아직 어린아이처럼 토실하니 붉고, 눈 속이 깨끗하다. 숙성한 건 목소리뿐이다. 제법 굵고 부드러운 저음이다. 그 목소리가 전화선을 타면 점잖고 떨떠름한 늙은이 목소리로 들린다.

이 가게에는 변두리 전기 상회나 전공들로부터 걸려오는 전화가 잦다. 수남이가 받으면,

"주인 영감님이십니까?"

하고 깍듯이 존대를 해 온다.

"아, 아닙니다. 꼬맙니다."

수남이는 제가 무슨 큰 실수나 저지른 것처럼 황공해 하며 볼까지 붉어진다.

"짜아식, 새벽부터 재수 없게 누굴 놀려. 너 이따 두고 보자."

이런 호령이라도 들려오면 수남이는 우선 고개를 움츠려 알밤을 피하는 시늉부터 한다. 설마 전화통에서 알밤이 튀어나올 리는 없는데 말이다. 실수만 했다 하면 알밤 먹을 것을 예상하고 고개가 자라 모가지처럼 오그라드는 게 수남이가 이 곳 전기 상회에 취직하고 나서부터 얻은 조건 반사다.

이 곳 단골손님들은 우락부락한 전공들이 대부분이어서 성질들이 거칠고 급하다. 자기가 요구하는 것을 수남이가 빨리 알아듣고 척척 챙기지 못하고 조금만 어릿어릿하면 '짜아식' 하며

사정없이 밤송이 같은 머리에 알밤을 먹인다.

수남이는 그 숱한 전기용품 이름을 척척 알아들을 수 있을 만큼 일에 익숙해질 때까지 숱한 알밤을 먹었다.

그런데 일에 익숙해진 후에도 수남이는 심심찮게 까닭도 없는 알밤을 얻어먹는다. 이 거친 사내들은 그런 짓궂은 방법으로 수남이를 귀여워하는 것이다. 예쁜 아이를 보면 물어뜯어 울려 놓고 마는 사람이 있듯이, 이 사내들은 그런 방법으로 수남이에게 애정 표시를 했다.

"짜아식, 잘 잤냐?"

"짜아식, 요새 제법 컸단 말야. 장가들여야겠는데, 짜아식 좋아서……."

그리곤 알밤이다. 주먹과 팔짓만 허풍스럽게 컸지, 아주 부드러운 알밤이다. 그러니까 수남이는 그만큼 인기 있는 점원인 셈이다.

수남이는 단골손님들에게만 인기가 있는 게 아니라, 주인 영감에게도 여간 잘 뵌 게 아니다. 누구든지 수남이에게 알밤을 먹이는 걸 들키기만 하면 단박 불호령이 내린다.

"왜 하필 남의 머리를 쥐어박어? 채 굳지도 않은 머리를. 그게 어떤 머린 줄이나 알고들 그래, 응? 공부 많이 해서 대학도 가고 박사도 될 머리란 말야. 임자들 같은 돌대가리가 아니란 말야."

그러면 아무리 막돼먹은 손님이라도 선생님 꾸지람에 떠는 초등학생처럼 풀이 죽어서 수남이에게 진심으로 미안해했다. 그리고는,

"꼬마야, 그럼 너 요새 어디 야학이라도 다니니?"

하며 은근히 부러워하는 눈치까지 보였다. 그러면 영감님은 딱하다는 듯이 혀를 차며,

"아니, 야학은 아무 때나 들어가나. 똥통 학교라면 또 몰라. 수남이는 내년 봄에 시험 봐서 들어가야 해. 야학이라도 일류로, 그래서 인석이 그저 틈만 있으면 책이라고. 허허……."

수남이는 가슴이 크게 출렁거린다. 수남이는 한 번도 주인 영감님에게 하다못해 야학이라도 들어가 공부를 해 보고 싶단 말을 비친 적이 없다. 맨 손으로 어린 나이에 서울에 와서 거지도 안 되고 깡패도 안 되고 이런 어엿한 가게의 점원이 된 것만도 수남이로서는 눈부신 성공인데, 벼락 맞을 노릇이지, 어떻게 감히 공부까지를 바라겠는가.

그러면서도 자기 또래의 고등학생만 보면 가슴이 짜릿짜릿하던 수남이다. 처음 전기용품 취급이 서툴러 시험을 하다 툭하면 손끝에 감전이 되어 짜릿하며 화들짝 놀랐던 것처럼, 고등학교 교복은 수남이의 심장에 짜릿한 감전을 일으키며 가슴을 온통 마구 휘젓는 이상한 힘이 있었다.

그런 수남이의 비밀을 주인 영감님은 알고 있었던 것이다. 수남이는 부끄럽고도 기뻤다.

그래서 수남이는 "내년 봄에 시험 봐서 들어가야 해. 야학이라도 일류로……." 할 때의 주인 영감님이 그렇게 좋을 수가 없다. 그 소리를 듣기 위해서라면 그까짓 알밤쯤 하루 골백 번을 맞으면 대수랴 싶다. 그런 소리를 자기를 위해 해 주는 주인 영감님

을 위해서라면 뼛골이 부러지게 일을 한들 눈꼽만큼도 억울할 것이 없을 것 같다. 월급은 좀 짜게 주지만, 그 감미로운 소리를 어찌 후한 월급에 비기겠는가.

수남이의 하루는 눈코 뜰 새 없이 고단하지만 행복하다. 내년 봄 — 내년 봄은 올 봄보다는 멀지만 오기는 올 것이다. 그리고 영감님이 잘못 알아서 그렇지 시험 볼 때는 봄이 아니라 겨울이다. 겨울은 봄보다 이르다.

수남이는 온종일 눈코 뜰 새 없이 바쁘게 일을 하고 밤에는 가게 방에서 숙직을 한다. 꾀죄죄한 다후다 이불에 몸을 휘감고 나면 방바닥이야 차건 더웁건 잠이 쏟아진다.

그럴 때 "인석은 그저 틈만 있으면 책이라고" 하던 주인 영감님의 목소리가 생생하게 들려온다. 수남이는 낮 동안 책은커녕 신문 한 귀퉁이 읽은 적이 없다. 도대체가 그럴 틈이 없다. 점원이 적어도 세 명은 있어야 해 낼 가게 일을 혼자서 해 내자니 여간 벅찬 것이 아니다. 그래도 수남이는 혹사당하고 있다는 억울한 생각 같은 것은 전혀 없다. 어쩌다 남들이 영감님에게

"꼬마 혼자 데리고 벅차시겠습니다. 좀 큰 애 하나 더 쓰셔야죠."

영감님은 그런 소리를 제일 싫어한다. 벌레라도 씹어 먹은 듯이 이상야릇한 얼굴로 상대방을 흘겨보며,

"누가 뭐 사람 더 쓰기 싫어 안 쓰나. 어디 사람 같은 놈이 있어야 말이지. 깡패 놈이라도 걸려들어 봐. 우리 수남이가 물든다고. 이런 순진한 놈일수록 구정물 들긴 쉽거든."

얼마나 고마운 주인 영감님인가. 이런 고마운 어른을 위해 그까짓 세 사람이 할 일 혼자 못 할까 하고 양팔의 근육이 팽팽히 긴장한다. 그런 고마운 어른이 보지도 않는 책을 틈만 있으면 본다고 남들에게 자랑을 한 뜻은 밤에라도 잠만 자지 말고 열심히 공부해 두라는 뜻일 것이다. 수남이가 그렇게 풀이한 것이다. 그런 생각을 하면 눈이 말똥말똥해지며 잠이 저만큼 달아난다. 혹시나 하고 보따리 속에 찔러 가지고 온 중학교 때 교과서랑 고등학교까지 다닌 형이 쓰던 참고서 나부랭이를 이렇게 유용하게 쓸 줄은 정말 몰랐었다. 책이라야 통틀어 그것뿐이다.

주인 영감님이 심심할 때 사 본 주간지 같은 것이 굴러다닐 적도 있어서 소년다운 호기심이 동하지 않는 것도 아니었지만 "인석이 그저 틈만 있으면 책이라고" 하며 주인 영감님이 가리키는 책이란 결코 이런 주간지 조각이 아닐 것이라는 영리한 짐작으로 수남이는 결코 그런 데 한눈을 파는 법이 없다. 시간이 아까워서라도 그렇게는 할 수 없다.

가게를 닫고 셈을 맞추고 주인 댁 식모가 날라 온 저녁을 먹고 나서 혼자가 될 수 있는 시간은 거의 열한 시경이다.

그 때부터 공부라도 해야 되는 것이다. 그러고도 수남이는 이 동네 가게의 누구보다도 먼저 일어나야 하는 것이다. 수남이의 부지런함은 이 근처에서도 평판이 자자했다.

제일 먼저 가게 문을 열고, 물뿌리개로 골목길에 물을 뿌리고는 긴 골목길을 남의 가게 앞까지 말끔히 쓸고 나서 가게 안 물건 먼지를 털고, 어떡하면 보기 좋을까 연구를 해 가며 다시 진열을 하고 제 몸단장까지 개운하게 끝낸다. 그제야 주인 영감님이 나온다.

주인 영감님은 만족한 듯 빙긋 웃고 '짜아식' 하며 손으로 수남이의 머리를 더듬는다. 그러나 알밤을 먹이는 일은 한 번도 없었다. 따뜻하고 큰 손으로 머리를 빗질하듯 두어 번 쓸어내려 주고는, 부드러운 볼로 해서 둥근 턱까지를 큰 손바닥에 한꺼번에 감쌌다가는 다시 한 번 '짜아식' 하곤 놓아 준다. 수남이는 그 시간이 좋다. 그래서 남보다 일찍 일어나야 하는 것이다.

아직은 육친애에 철모르고 푸근히 감싸여야 할 나이다. 그를 실제 나이보다 어려 뵈게 하는, 아직 상하지 않은 순진성이 더욱 그에게 육친애를 목마르게 한다. 주인 영감님의 든든하고 거친 손에서 볼과 턱을 타고 전해 오는 따뜻함, 훈훈함은 거의 육친애적이었고 그래서 수남이는 그 시간이 기다려질 만큼 좋았고, 꿀같이 단 새벽잠을 떨쳐낸 보람을 느끼고도 남을 충족된 시간이기도 했다.

그 어느 해보다도 긴 겨울이 가고 봄이 왔다. 내년 봄이 아니라 올 봄이 온 것이다. 캘린더에는 벚꽃이 만발해 있었다. 그런데도 그 어느 해보다도 길게 해 먹은 겨울은 뭘 아직도 덜 해 먹었는지 화창한 봄날에 끼여들어 심술을 부렸다. 별안간 기온이 급강하하더니 바람까지 세차게 몰아쳤다.

낮 동안 떼어서 세워 놓은 가게 판자문이 요란한 소리를 내고 나자빠지는가 하면, 가게 함석지붕은 얇은 헝겊처럼 곧 뒤집힐 듯이 펄럭대고, 골목 위 공중을 가로지른 전화줄에서는 온종일

귀신의 휘파람 같은 이상한 소리가 났다.

낮에는 이 가게 골목에서 사고까지 났다. 전선을 도매하는 집 아크릴 간판이 다 마른 빨래처럼 훨훨 나는가 했더니, 곧장 땅으로 떨어지면서 때마침 지나가던 아가씨의 정수리를 들이받고 떨어졌다.

피가 아가씨의 분결같은 볼을 타고 흘러 흰 스웨터에 선명한 붉은 반점을 줄줄이 그렸다. 피를 보자 다 큰 아가씨가 어린애처럼 앙앙 울어댔다.

가게마다에서 사람들이 뛰어나왔으나 아가씨를 부축해서 병원으로 달려간 것은 바람에 간판을 날린 전선 도매집 주인 아저씨였다.

사람들은 모두 치료비를 톡톡히 부담해야 할 그 아저씨를 동정했다. 지랄스런 바람이지, 그 아저씨가 무슨 잘못이 있기에 생돈을 빼앗기냐고, 그렇지만 돈지갑 옆구리에 차고 부는 바람 못 봤으니, 그 재수 나쁜 아가씬들 그 재수 나쁜 아저씨한테 떼를 쓸밖에 도리없지 않겠느냐고 사람들은 쑥덕댔다.

하여튼 수남이가 알 수 있는 것은 그 아가씨도 그렇고 그 아저씨도 그렇고 오늘 재수 옴 붙었다는 것뿐이었다.

수남이는 문득 자기도 재수 옴 붙을 것 같은 예감이 들었다. 그래서 화들짝 놀라 큰 간판을 다시 점검하고 힘껏 흔들어 보고, 대롱대롱 매달린 아크릴 간판은 아예 떼어서 안에다 갖다 두고, 떼어 세워 놓은 빈지문은 좁은 옆 골목 변소 앞에 끼워 놓았다.

바람부는 서울의 뒷골목은 흉흉하고 을씨년스러웠다. 먼지는 물론 온갖 잡동사니들이 다 날아들어 쓰레기 무더기를 만들었다. 쓸어도 쓸어도 당해 낼 도리가 없었다.

손님도 딴 날보다 적고 수남이는 까닭없이 마음이 울적했다.

시골의 바람부는 날 풍경이 생생하게 떠올랐다. 보리밭은 바람을 얼마나 우아하게 탈 줄 아는가, 큰 나무는 바람에 얼마나 안달맞게 들까부는가, 큰 나무와 작은 나무가 함께 사는 숲은 바람에 얼마나 우렁차고 비통하게 포효하는가, 그것을 알고 있는 것은 이 골목에서 자기 혼자뿐이라는 생각이 수남이를 고독하게 했다.

전선 가게 아저씨가 어두운 얼굴을 하고 돌아왔다. 가게 주인들이 우르르 전선 가게로 모였다. 아가씨의 안부보다도 그 아가씨 손해가 얼마인가, 모두 그것이 궁금한 모양이었다.

수남이네 주인 영감님도 가더니, 한참 만에 돌아오면서 하늘을 쳐다보며 욕지거리를 했다.

"육시랄 놈의 바람, 무슨 끝장을 보려고 온종일 이 지랄이야."

아마 전선 가게 아저씨 손해가 대단했던 모양이다. 그래서 동정삼아 그렇게 화를 내는 눈치다. 하긴 그런 일이 아니더라도 서울 사람들에게는 바람이 손톱만큼도 반가울 리가 없겠다. 바람의 의미를, 간판이 날아가는 횡액, 한없이 날아오는 먼지, 쓰레기 그것밖에 모르니까.

봄바람이 게으른 나무들에게, 잠든 뿌리들에게, 생경한 꽃망울들에게 얼마나 신기한 마술을 베풀고 지나갔나를 모르니까. 봄바람이 한차례 지나고 거짓말같이 화창하고 아늑하게 갠 날,

들판이나 산등성이에 있어 본 적이 없을 테니까.

수남이는 다시 한 번 울고 싶도록 고독해진다.

전화를 받은 주인 영감님이 좀 생기가 나더니 계산서를 작성해 주면서 ××상회에 20W 형광 램프 다섯 상자만 배달해 주고 오란다. 가까운 데 있는 소매상에서는 이렇게 전화 주문으로 배달까지를 부탁해 오는 수가 많다. 수남이는 자전거도 잘 타 배달이라면 문제도 없다.

그래도 오늘은 바람이 유난해서 조심하느라 형광 램프 상자를 밧줄로 꼼꼼히 묶는다. 주인 영감님까지 묶는 걸 거들어 주면서,

"인석아, 까불지 말고 조심해. 사고내 가지고 누구 못할 노릇 시키지 말고."

오늘 장사가 좀 잘 안 돼서 그런지 말씨가 퉁명스럽긴 했지만, 나쁜 말은 아닌데도 수남이는 고깝게 듣는다.

꼭 네깐놈 다칠 게 걱정이 아니라 나 손해볼 게 겁난다는 소리로 들린다.

수남이는 보통 때 같으면 "할아버지 다녀오겠습니다." 하고 신바람 나게, 그리고 붙임성 있게 외치고는 방긋 웃어 보이고 나서야 페달을 밟고 씽 달렸을 터인데, 오늘은 왠지 그래지지가 않는다. 아무 말 안 하고 자전거를 무거운 듯이 질질 끌다가 뭉기적 올라타면서 느릿느릿 페달을 젓는다. 주인 영감님이 뒤에서 악을 쓴다.

"인석아 조심해. 까불지 말고."

주인 영감님의 목소리가 회오리바람을 타고 이상하게 날카롭

고 기분 나쁘게 들린다. 수남이는 '쳇' 하고 혀를 차고는 도망치듯 씽 자전거의 속력을 낸다.

형광 램프를 ××상회에 부리고 나서 수금하는 데 또 한참이 걸린다. 장사꾼의 생리란 묘한 데가 있다.

수남이는 아직도 그 생리만은 이해가 안 될 뿐더러 문득문득 혐오감까지 느끼고 있다.

금고에 돈을 수북이 넣어 놓고도 꼭 땡전 한 푼 없는 얼굴을 하고 도무지 돈을 내주려 들지를 않는다. 조금 있다 오란다. 그 동안에 수금이 되면 주겠다는 것이다.

그러나 이쪽에선 그 수에 넘어가지 말고 악착같이 지키고 서서 받아 내야 하는 것이다. 그것이 수남이가 서울에 와서 점원 노릇하면서 배운 상인 철학 제1항이었다.

"아유, 오늘 더럽게 장사 안 된다."

××상회 주인은 니코틴이 새까맣게 달라붙은 이빨 안쪽을 드러내고 크게 하품을 한다. 돈을 빨리 안 주는 변명 같기도 하고, '인석아, 하루 종일 기다려 봐라, 누가 돈을 호락호락 내줄 줄 아니.' 하는 공갈 같기도 하다.

그러나 수남이는 들은 척도 안 하고 장승처럼 버티고 서 있다. 저런 수에 넘어가 호락호락 물러가면 주인 영감님에게 야단맞는 것도 맞는 거려니와, 앞으로 열 번도 넘게 헛걸음을 해야 수금을 끝마칠 수 있기 때문이다.

그것도 목돈이 아니라 오백 원, 천 원씩 푼돈을 녹여서 말이다.

이럴 때 수남이는 이 세상에 장사꾼처럼 징그러운 족속이 또 있을까 싶은 생각이 나서 한숨이 절로 난다. 그러면서도 자기도 어느 틈에 장사꾼다운 징그러운 수를 쓰고 만다.

"오늘 물건 대금은 꼭 결제해 주셔야 돼요. 은행 막을 돈이란 말예요."

수남이는 은행 막는다는 말의 정확한 뜻을 잘 모른다. 그 번들번들하고 위엄 있는 은행이 뒤로 어디 큰 구멍이라도 뚫려 있단 소린지, 뚫려 있기로서니 왜 장사꾼이 막아야 하는지 잘 모르는 채로, 급하게 돈을 받아 내려는 장사꾼들이 으레 심각한 얼굴을 하고 그런 소리를 하길래 수남이도 그래 보는 것이다.

"짜아식, 알았어. 기다려 봐. 돈 들어오는 대로 줄게."

주인이 퉁명스럽게 대답하곤 수남이의 머리에 힘껏 알밤을 먹인다. 수남이는 잽싸게 고개를 움츠렸는데도 눈에 눈물이 핑 돌 만큼 독한 알밤이다.

장사 더럽게 안 된다는 주인 말과는 달리 손님이 쉴 새 없이 들락거린다. 정말로 가게는 조그맣지만 길목이 아주 좋다. 수남이는 좁은 가게에서 이리 밀리고 저리 밀리면서 잘 버틴다. 버틸 뿐 아니라 속으로 돈이 얼마나 들어오나 암산까지 하고 있다.

소매상이라 큰돈은 안 들어와도 그 동안 들어온 돈이 어림잡아 만 원은 됨직하다. 수남이는 비실비실 안 나오는 웃음을 웃으며,

"어떻게 결제 좀 해 줍쇼."

하고 또 한 번 빌붙는다. 주인은 '짜아식' 하며 또 한 번 알밤

을 먹이곤 오백 원짜리, 백 원짜리 합해서 만 원을 세 번이나 세어 보더니 아까운 듯이 내준다.

"짜아식 끈덕지기가 꼭 되놈 같다니까, 됐어."

칭찬인지 욕인지 모를 소리를 하고 찍 웃는다. 수남이는 주인이 세 번씩이나 세어서 준 돈을 또 두 번이나 센다. 그러고 나서야 "고맙습니다. 안녕히 계십쇼." 하고는 저만큼 자전거를 세워 놓은 쪽으로 휑하니 달음질친다.

바람이 여전하다. 저만큼서 흙먼지가 땅을 한꺼풀 벗겨 홑이불처럼 둘둘 말아오는 것같이 엄청난 기세로 몰려온다. 골목 안의 모든 것이 '뎅그렁', '와장창', '우르릉' 하고 제각기의 음색으로 소리 높이 비명을 지른다.

드디어 흙먼지 홑이불이 집어삼킬 듯이 수남이의 조그만 몸뚱이를 덮친다. 수남이는 눈을 꼭 감고 숨을 죽인다.

바람이 지난 후 수남이는 눈을 뜨고 침을 탁 뱉는다. 입 속에 모래가 들어와 깔깔하고 목구멍이 알싸하니 아프다. 다시 자전거 쪽으로 걷는다. 조금 전만 해도 서 있던 자전거가 누워 있다. 그래도 날아가진 않았으니 다행이다.

자전거뿐 아니라 골목의 모든 것이 다 제자리에 그대로 있다. 수남이는 그것이 신기하다. 누워 있는 자전거를 일으켜 세우고 날렵하게 올라타 막 페달을 밟으려는데, 어디선지 고함 소리가 벽력같이 들린다.

"이놈아, 어딜 도망가는 거야, 게 섰거라. 꼼짝 말고."

수남이는 자기에게 지르는 고함은 아니겠지 싶어 그대로 페달

을 밟는다.

"아니 이놈이, 어디로 도망을 가려고 이래."

뒷덜미를 사납게 붙들린다. 점잖고 깨끗한 신사다. 이런 신사가 자기에게 어떤 볼일이 있다는 것인지, 수남이는 도시 짐작을 할 수 없다. 게다가 신사는 몹시 화가 나 있다. 신사를 화나게 할 일을 자기가 저질렀다고는 더구나 생각할 수 없다.

"임마, 꼼짝 말고 있어."

신사의 말이 아니더라도 꼼짝할래야 할 수 있을 처지가 아니다. 꼼짝은커녕 숨도 제대로 쉴 수 없을 만큼 수남이의 뒷덜미는 신사의 손에 잔뜩 움켜쥐어져 있다.

"임마, 네놈의 자전거가 쓰러지면서 내 차를 들이받았단 말야. 이런 고급차를 말야. 이런 미련한 놈, 왜 눈은 째려, 째리긴. 그러니 내 차에 흠이 안 나고 배겼겠냐. 내 차는 임마, 여자들 손톱만 살짝 닿아도 생채기가 나는 고급차야 임마, 알간?"

그리고는 거울처럼 티 하나 없이 번들대는 차체를 면면히 훑어보더니 "그러면 그렇지." 하고 환성을 질렀다. 아마 생채기를 찾아 낸 모양이다.

"일은 컸다. 임마, 칠만 살짝 긁혔어도 또 모르겠는데 여봐라, 여기가 이렇게 우그러지기까지 했으니 일은 컸다, 컸어."

신사가 덩칫값도 못하게 팔짝팔짝 뛰면서 잘 봐 두라는 듯이 수남이의 얼굴을 차에다 바싹 밀어붙였다.

수남이는 차체에 비친 울상이 된 자기 얼굴을 볼 수 있을 뿐이었다. 꼭 오늘 재수 옴 붙은 일이 날 것 같더라만 이런 끔찍한 일이 일어나고 말았구나. 울음이 왈칵 솟구친다. 그러자 제 얼굴도, 차체의 흠도 아무것도 안 보이고 온 세상이 부옇게 흐려 보일 뿐이다.

"울긴, 임마. 너 한 달에 얼마나 버냐?"

신사의 목청이 다분히 누그러지며 목소리에 연민이 담긴 것을 수남이는 재빨리 알아차린다. 그러나 흑흑 소리까지 내어 운다.

"울긴 짜아식, 할 수 없다. 너나 나나 오늘 재수 옴 붙은 걸로 치고 반반씩 손해 보자. 오천 원만 내."

수남이는 너무 놀라 울음까지 끄르륵 삼키고 신사를 쳐다본다. 그 사이 사람들이 큰 구경이나 난 것처럼 모여들어 신사와 수남이를 에워싼다.

누군가가 뒤에서 "빌어, 이놈아. 그저 잘못했다고 무조건 빌어." 하고 속삭인다. 수남이는 여러 사람들이 자기를 동정하고 있다고 느끼자 적이 용기가 난다.

"아저씨, 잘못했습니다. 한 번만 용서해 주십시오. 네, 아저씨."

제법 또렷한 소리로 용서를 빈다.

"용서라니, 이만큼 했으면 됐지 어떻게 더 용서를 해."

"아저씨, 그러시지 말고 한 번만 봐 주셔요. 네, 아저씨."

수남이는 주머니에 들은 만 원 생각을 하면 얼굴이 화끈대고 공연히 무섭기까지 하다. 그렇지만 주인 영감님을 위해 그 돈만은 죽기를 무릅쓰고 지킬 각오를 단단히 한다.

"아니 욘석이 이제 보니 이런 큰일 저지르고 그냥 내뺄 심사

아냐? 요런 악질 녀석 같으니라고."

신사의 표정은 은은히 감돌던 연민이 싹 가시고 점잖게 무표정해진다.

그리고는 옆에 섰던 운전사인 듯한 남자에게,

"안 되겠네. 요런 악질 깡패 녀석하고 시비해 봤댔자 공연히 시간만 낭비니, 자네 자물쇠 하나 마련해다 주게. 이 녀석 자전걸 잡아 놓기로 하세. 언제든지 오천 원 가져와서 찾아가라고."

그리고는 주머니에서 오백 원짜리를 한 장 꺼내서 운전사에게 주는 것이었다. 수남이로서는 전혀 예기치 못했던 사태였다.

주머니의 만 원에 대해서만 생각했었지 자전거에 대해선 전혀 생각이 미치지 못했었다.

운전사는 금방 커다란 자물쇠를 하나 사 가지고 왔다. 신사는 다시 네놈은 쳐다보기도 싫다는 듯이 수남이를 전혀 상대 안 하고, 묵묵히 자전거 바퀴에다 자물쇠를 채우고, 앞에 빌딩을 가리키면서,

"나 저기 306호 실에 있으니까 돈 오천 원 갖고 와. 그러면 열쇠 내 줄 테니."

하고는 수남이를 힐끗 흘겨보고 유유히 빌딩 속으로 사라져갔다.

수남이는 울지도 못하고 빌지도 못하고 그냥 막연히 서 있었다. 수남이와 신사의 시비를 흥미진진하게 구경하던 사람들도 헤어지지 않고 그냥 서 있었다. 아마 수남이가 앙앙 울거나, 펄펄 뛰면서 욕을 하거나 그런 일이 일어나 주기를 기다리는 눈치

였다.

수남이는 바보가 돼 버린 아이처럼 조용히 멍청히 서 있었다. 누군가가 나직이 속삭였다.

"토껴라 토껴. 그까짓 것 갖고 토껴라."

그것은 악마의 속삭임처럼 은밀하고 감미로웠다. 수남이의 가슴은 크게 뛰었다. 이번에는 좀더 점잖고 어른스러운 소리가 나섰다.

"그래라, 그래. 그까짓 거 들고 도망가렴. 뒷일은 우리가 감당할게."

그러자 모든 구경꾼이 수남이의 편이 되어 와글와글 외쳐 댔다.

"도망가라, 어서어서 자전거를 번쩍 들고 도망가라, 도망가라."

수남이는 자기편이 되어 준 이 많은 사람들을 도저히 배반할 수 없었다. 이상한 용기가 솟았다. 수남이는 자전거를 마치 검부러기처럼 가볍게 옆구리에 끼고 질풍같이 달렸다.

정말이지 조금도 안 무거웠다. 타고 달릴 때보다 더 신나게 달렸다. 달리면서 마치 오래 참았던 오줌을 시원스레 내깔기는 듯한 쾌감까지 느꼈다.

주인 영감님은 자전거를 옆에 끼고 질풍처럼 달려온 놈을 눈을 휘둥그렇게 뜨고 바라볼 뿐이었다. 오늘 바람이 세더니만 필시 이 조그만 놈이 바람에 날아왔나, 설마 그럴 리야 없을 텐데 내 눈이 어떻게 된 것인가 그런 눈치였다.

수남이는 너무 숨이 차서 이런 주인 영감님의 궁금증을 시원히 풀어 주지 못하고 한동안 헉헉대기만 한다.

"임마, 말을 해. 무슨 일이야? 네놈 꼴이 영락없이 도둑놈 꼴이다, 임마."

도둑놈 꼴이라는 소리가 수남이의 가슴에 가시처럼 걸린다. 수남이는 겨우 숨을 가라앉히고 자초지종을 주인 영감님께 고해바친다. 다 듣고 난 주인 영감님은 무엇이 그리 좋은지 무릎을 치면서 통쾌해 한다.

"잘 했다, 잘 했어. 맨날 촌놈인 줄만 알았더니 제법인데, 제법이야."

그리고는 가게에서 쓰는 드라이버니 펜치를 가지고 자전거에 채운 자물쇠를 분해하기 시작한다. 엎드려서 그 짓을 하고 있는 주인 영감님이 수남이의 눈에 흡사 도둑놈 두목 같아 보여 속으로 정이 떨어진다. 주인 영감님 얼굴이 누런 똥빛인 것조차 지금 깨달은 것 같아 속이 메스껍다.

마침내 자물쇠를 깨뜨렸나 보다. 영감님 얼굴에 회심의 미소가 떠오르더니 자유롭게 된 자전거 바퀴를 시험이라도 하려는 듯이 자전거로 골목을 한 바퀴 빙그르르 돌아 들어와서는,

"네놈 오늘 운 텄다."

그리고는 수남이의 머리를 쓰다듬고 볼과 턱을 두둑한 손으로 귀여운 듯이 감쌌다. 영감님이 기분이 좋을 때면 수남이에 대한 애정의 표시로 으레 그렇게 했었고, 수남이도 그걸 좋아했었다.

그런데 오늘은 싫다. 영감님의 손이 싫다. 그것이 운 트기는커

녕 재수 옴 붙었다는 생각이 여전하고, 수남이는 그 날 온종일 우울했다. 그러나 자기가 왜 그렇게 우울한지 그걸 차분히 생각할 새도 없는 바쁜 하루였다.

가게 문을 닫고 주인댁에서 날라 온 저녁밥을 먹고 나면 비로소 수남이 혼자만의 시간이다. 꿀 같은 시간이었다. 책을 펴 놓고 영어 단어를 찾고, 수학 문제를 풀어 보고, 턱을 괴고 소년답게 감미로운 공상에 잠길 수 있는 그런 시간이었다.

그러나 오늘 수남이는 그게 되지를 않았다. 책을 집어던졌다.

낮에 내가 한 짓은 옳은 짓이었을까? 옳을 것도 없지만 나쁠 것은 또 뭔가. 자가용까지 있는 주제에 나 같은 아이에게 오천 원을 우려내려고 그렇게 간악하게 굴던 신사를 그 정도 곯려 준 것이 뭐가 나쁜가? 그런데도 왜 무섭고 떨렸던가. 그 때의 내 꼴이 어땠으면, 주인 영감님까지 "네놈 꼴이 꼭 도둑놈 꼴이다."고 하였을까.

그럼 내가 한 짓은 도둑질이었단 말인가. 그럼 나는 도둑질을 하면서 그렇게 기쁨을 느꼈더란 말인가.

수남이는 몸을 부르르 떨면서 낮에 자전거를 갖고 달리면서 맛본 공포와 함께 그 까닭 모를 쾌감을 회상한다. 마치 참았던 오줌을 내깔길 때처럼 무거운 억압이 갑자기 풀리면서 전신이 날아갈 듯이 가벼워지는 그 상쾌한 해방감 — 한 번 맛보면 도저히 잊혀질 것 같지 않은 그 짙은 쾌감, 아아 도둑질하면서도 나는 죄책감보다는 쾌감을 더 짙게 느꼈던 것이다.

혹시 내 피 속에 도둑놈의 피가 흐르고 있기 때문이 아닐까.

순간 수남이는 방바닥에서 송곳이라도 치솟은 듯이 후닥닥 일어서서 안절부절을 못하고 좁은 방안을 헤맸다.

수남이의 눈앞에는 수갑을 차고, 순경들에게 끌려 와 도둑질 흉내를 그대로 내보이던 형의 얼굴이 환히 떠오른다. 그리고 서울 가서 무슨 짓을 하든지 도둑질만은 하지 말라고 신신당부하던 아버지의 얼굴도 떠오른다.

수남이의 형 수길이는, 온 집안 식구가 기대를 걸고 고등학교까지 마쳐 준 보람도 없이 집에서 빈들대다가, 어느 날 갑자기 서울 가서 돈 벌고 성공해서 돌아오겠다는 말 한 마디를 남기고 훌쩍 집을 나갔다.

편지 한 장, 하다못해 인편에 안부 한 마디 없는 2년이 지났다. 그 동안 아버지는 폭 노쇠하고, 어머니는 뼈만 남게 야위어서 수남이랑 동생들이랑을 들볶았다.

들볶는 푸념 속에서 무정한 장남에 대한 원망과 함께 그래도 행여나 하는 기대가 곁들여 있는 것을 수남이는 느낄 수 있었다.

수남이도 뭔가 형에 대한 기대를 안 할 수가 없었다. 동생들이 발바닥이 다 닳아 없어져 웃더껑이만 남은 운동화를 신고 다니는 걸 봐도 "조금만 참아, 큰형이 돈 많이 벌어 가지고 오면 운동화랑 잠바랑 다 사 줄게." 하는 말을 할 지경이었다.

형이 돈을 많이 벌어 오면 — 이런 기대에 온 집안 식구가 하루하루를 매달려 살았다. 어느 날 밤, 형은 돌아왔다. 옷과 운동화와 과자와 고기를 한 짐이나 되게 사 가지고. 형이 정말 돈을 벌어서 별의별 것을 다 사 가지고 온 것이었다. 아버지는 밤중이지만 동네 사람을 모아 큰 잔치를 벌이지 못해 했다. 형이 험악한 얼굴을 하고 안 된다고 했다.

잔치는커녕 동생들이 좋아서 떠드는 것도 못 하게 윽박질렀다.

수남이는 지금도 그 날 밤 일이 생생하다. 그 날 밤 형의 누런 똥빛 얼굴은 정말로 못 잊겠다. 꼭 악몽 같다.

다음 날 형은 읍내에서 온 순경한테 수갑이 채워져 붙들려 갔다. 형은 악을 써서 변명을 하며 갔다.

"2년 만에 빈손으로 집에 들어갈 수는 없었단 말야. 도저히 그럴 수는 없었단 말야."

그래서 읍내 양품점을 털어 돈과 물건을 훔친 것이다. 다음에 수남이가 형을 본 것은 읍내에 현장 검증인가를 나왔을 때다. 도둑질한 것을 다시 한 번 되풀이해 보여 주는 것인데, 딴 구경꾼들 틈에 섞여 수남이는 몸서리를 치면서 그것을 봤다. 그 도둑놈과 형제간이란 게 두고두고 생각해도 몸서리가 쳐졌다.

아버지는 홧병으로 몸져 눕고 집안 형편은 말이 아니었다. 수남이는 드디어 어느 날 형이 그랬던 것처럼 서울 가서 돈 벌어 오겠다고 집을 나섰다. 아버지는 말리지 않았다. 문지방을 짚고 일어나 앉아서 띄엄띄엄 수남이를 타일렀다.

"무슨 짓을 하든지 그저 도둑질을 하지 말아라, 알았자."

그런데 도둑질을 하고 만 것이다. 하지만 수남이는 스스로 그것은 결코 도둑질이 아니었다고 변명을 한다.

그런데 왜 그 때, 그렇게 떨리고 무서우면서도 짜릿하니 기분이 좋았던 것인가? 문제는 그 때의 그 쾌감이었다. 자기 내부에 도사린 부도덕성이었다. 오늘 한 짓이 도둑질이 아닐지 모르지만 앞으로 도둑질을 할지도 모르겠다는 생각이 들었다. 형의 일이 자기와 정녕 무관한 일이 아니란 생각이 들었다.

소년은 아버지가 그리웠다. 도덕적으로 자기를 견제해 줄 어른이 그리웠다. 주인 영감님은 자기가 한 짓을 나무라기는커녕 손해 안 난 것만 좋아서 "오늘 운 텄다."고 좋아하지 않았던가.

수남이는 짐을 꾸렸다. 아아, 내일도 바람이 불었으면. 바람이 물결치는 보리밭을 보았으면.

마침내 결심을 굳힌 수남이의 얼굴은 누런 똥빛이 말끔히 가시고, 소년다운 청순함으로 빛났다.

작품 해설 및 박완서 연보

작품의 이해와 감상

시인의 꿈

얼마 전 일어난 일본 대지진은 자연 재해가 얼마나 무서운 것인지를 극명하게 보여주었다. 인간이 만들어낸 문명이라는 것이, 그 문명의 총아인 과학 기술이 얼마나 자연 앞에서 초라한 것인가를 보여준 것이다. 더구나 지진으로 인한 핵발전소의 폭발은 문명이 얼마나 인간에게 해를 끼칠 수 있는 것인가를 확인하게 해주었다.

인간이 문명을 만들어낸 것은 자연의 재해로부터 벗어나기 위해서였다. 이른바 '과학 기술'이 발달한 현재에도 자연의 광폭함에 속수무책으로 당할 수밖에 없는 상황을 보면, 자연에 대한 원시인들의 공포가 어느 정도였는가는 쉽게 짐작할 수가 있다. 그러나 자연은 인간에게 이러한 공포를 가져다 주는 존재이지만, 동시에 인간을 살아갈 수 있도록 하는 존재이기도 하다. 인간은 땅을 통해서 먹을 것을 구했으며, 땅에 집을 짓고, 다시 말해 자연의 혜택을 받으며 지금까지 살아 왔다. 자연은 공포의 대상이면서도 또한 우리 인간들이 살아갈 수 있도록 해주는 존재이기도 한 것이다.

《시인의 꿈》은 이러한 자연이 '사라진' 시대의 이야기이다. 이 소설에서 인간은 지금 모두가 "길이란 길은 모조리 포장되고 집이란 집은 모조리 아파트로 변한 아주 살기 좋은 도시"에서 살아가고 있다. 그리고 이 도시에는 "개나 새 같은 애완동물을 기르지 않은 지가 오래" 되었다. 모든 사람들이 아파트에 살고 있기 때문이다. 자연이 사라진 것이다. 그러나 자연이 아직도 있기는 하다. "이 도시에 동물이 아주 없는 것은 아닌" 것이다. 그러나 동물들은 모두가 다 동물원에 갇혀 있다. 그리고 이들은 이러한 도시에서의 삶에 만족하며 스스로 행복하다고 여기며 살아가고 있다.

그런데 어느 날 갑자기 한 시인이 깨끗하게 포장된 아파트의 광장에 판잣집을 짓는다. 그 판잣집 안에는 "작은 침대와 몇 권의 책이 있고, 수염이 하얀 할아버지가 깡통에 든 더러운 음식을 먹고 있었다." 한 소년이 그 할아버지에게 호기심을 가지고 판자촌을 찾는다. 그리고 그 할아버지와의 대화를 통해 "가슴이 울렁거리는" 체험을 하게 된다. 그것은 자연을 치워버린 삶이 아니라, 자연과 함께 하는 삶이 무엇인가를 어렴풋이나마 할아버지를 통해 알게된 데서 비롯된 것이다.

지금 우리 또한 이 소년네처럼 모든 길이 포장되고, 거의 모든 집이 아파트인 '깨끗한 도시' 에서 살아가고 있다. 그렇다면 우리들 또한 이 소설 속의 인간들이 스스로 행복감을 느끼듯이 행복한 것일까? 과연 자연을 배반한 문명은 인간을 안락하게 그리고 행복하게만 해주는 것일까? 이 소설은 발달한 과학 기술을 찬양하고, 그로 인하여 우리가 편안하게 그리고 행복하게 살아갈 수 있다는 믿음을 다시 생각해 보게 해준다. 그렇다고 '지금' 인간이 '문명' 을 떠나서 '원시인' 의 생활로 돌아갈 수는 없다. 그러나 이번 일본의 대지진에서 볼 수 있듯이 인간이 과학 기술로 편리함만을 추구할 때 자연이 우리에게 돌려줄 재앙은 불을 보듯 뻔하다. '앞만 보고' 살아온 인간이 자신들의 삶이 과연 올바른 것이었는지를 돌아봐야 할 때가 지금 아닐까? 바로 박완서가 《시인의 꿈》을 통해 우리에게 전달하고자 하는 메시지가 바로 그것일 것이다.

작품의 이해와 감상

그 여자네 집

박완서의 소설 《그 여자네 집》은 참으로 슬픈, 그러나 또한 너무도 아름다운 사랑의 이야기다. 어쩌면 못 이루어진 사랑이야말로 오랜 세월이 시간에 금을 내도 전혀 변하지 않는 빛깔로, 아니 오히려 더욱 투명하게 빛나는 그런 것은 아닐까. 그래서 시인들은 그 '이루어지지 못한' 사랑을 수도 없이 노래했으리라.

물론 그런 사랑도, 만나고 헤어지는 인간의 일상사 중의 하나로 생각해 버릴 수도 있다. 그러나 그것은 여타의 일상과는 달리 사건의 당사자에게 깊은 정신적 상처를 아로새김으로써 비극미로 승화되고, 그것은 당사자뿐만 아니라 독자에게도 그 미(美)적 체험을 절감하게 해준다. 이러한 점에서 못 이루어진 사랑은 끊임없이 예술의 소재가 되는 것이다.

《그 여자네 집》은 못 이루어진 사랑에 대한 이야기이다. 먼저 비극의 두 주인공인 만득이와 곱단이의 사랑이 왜 이루어지지 못했는지에 대해 살펴보자. 그들은 이미 '짝 지워진 짝'이었다. 그들의 사랑은 이미 마을 사람들로부터 '공인' 받은 것이었다. 그리고 그들은 살구꽃이 피고, 개나리가 피는 시골 마을에서 그러한 자신들의 사랑을 더욱 풍성하게 만들어 간다. 마을 사람들의 축복과 그리고 그들의 사랑을 둘러싸고 있는 정겨운 시골 마을의 배경은 그들의 사랑의 미래를 전혀 의심치 않게 한다. 그리고 '아무런 일' 이 없었다면, 다시 말해 시간이 평탄하게 흘러갔다면 그들은 결혼을 하고, 아이를 낳고, 손자를 보며 순탄하게, 대개의 다른 사람들이 그러하듯이 평범하게 살아갔을 것이다. 그러나 '역사의 횡포' 는 그들의 사랑을 비껴가지 않는다.

만득은 자신이 사랑하는 곱단이 '과부' 가 될지도 모른다는 생각에서 결혼을 미룬 채 징병이 되어 전쟁터로 떠나간다. 그 길은 마을 사람들이 알고는 있었지만, 차마 입으로 올리지는 못한 '사지(死地)' 로의 길이었다. 사랑하는 여인을 '과부' 로 만들 수 없다는 마음으로 결혼을 미룬 채 전장로 떠나는 만득의 뒷모습은 이 점에서 비장미까지 느껴지게 한다. 이후 해방이 되고 만득은 전쟁에서 '살아' 돌아오지만 이미 곱단은 신의주로 시집을 가 버린 뒤였다. 곱단 또한 만득이가 피해 가지 못한, 그 역사의 횡포에 희생된 것이다. 그러나 곱단이 '정신대'에 끌려가지 않기 위해 이미 한 번 결혼 경험이 있는 '늙다리' 사내에게 시집을 가고, 만득이 '살아' 돌아온 그 시간은 너무도 짧은 것이었다. 여기서 독자가 남자라면 만득이에게, 혹은 여성이라면 곱단이에게 감정이 이입되며 후유 하는 한탄 소리가 나올 수밖에 없다. 조금만 더 곱단이 기다렸다면, 해방이 조금만 더 일찍 왔다면, 하는 한탄 말이다.

그러나 만약에 곱단이 정신대에 요행히 끌려가지 않고, 또 그럼으로써 시집도 가지 않았다면 독자는 만득이도, 곱단이도, 그리고 그들의 비극적이지만 아름다운 사랑도 만나지 못했을 것이다. 그들의 사랑이 이처럼 어떤 운명에 의해 엇갈렸기 때문에 그것은 독자들 앞에 나타나 독자로 하여금 그 안타까운 사랑을 간접 체험하게, 그리고 진한 감동에 젖게 한 것이리라.

그러나 우리는 여기서 또 한 명의 주인공을 생각해 보아야 한다. 만득의 아내 순애. 그녀 또한 만득이와 곱단의 아픔만큼이나, 삶의 아픔, 사랑의 아픔을 견디며 살아야 했던 여자이다. 늙어서까지 남편이 첫사랑, 왜 그 사랑이 이루어지지 못했는지에 대해 자신도 잘 알고 있는, 그 첫사랑의 여자를 잊지 못한다는 생각은 그녀에게 얼마만한 고통을 가져다 주었을까? 그 고통 또한 사랑하지만 헤어져 살아야 하는, 생사 확인조차 할 수 없이 남과 북에서 살아야 하는 만득이와 곱단이의 상처만큼 아니 오히려 그보다 훨씬 더 큰 고통은 아니었을까? 곱단이가 있어야 할 자리에 자신이 '대신' 있다는 그 생각은 '죄책감' 이었을까, 아니면 단순한 '질투' 였을까?

작품의 이해와 감상

배반의 여름

지금은 많이 허물어졌지만, 불과 얼마 전까지도 아버지는 집안의 기둥이었다. 가부장제에서 아버지는 집안의 '어른' 이었으며, 그만큼 자식들에게는 '경외의 대상' 이었다.

아버지는 언제나 내가 범접치 못할 위치에 있는 그런 사람이었다.

그러나 자신이 '어른' 이 되어 가면서 그 아버지가 기실은 여느 보통 사람과 다를 바 없는, 오히려 다른 사람들보다 못한, 한 평범한 인간에 불과하다는 것을 문득 깨닫게 될 때가 오고야 만다. 《배반의 여름》은 바로 경외의 대상이었던 아버지가 특별한 존재가 아니라는 것을 깨닫는 바로 그 이야기라 할 수가 있다. 그 때, 다시 말해, 아버지의 실체를 깨닫게 되는 순간 그 때가 바로 '자식' 이 '어른' 이 되는 순간일 것이다.

《배반의 여름》에는 세 개의 '배반' 이 존재한다. 먼저 누이동생에 대한 화자 자신의 배반이 있고, 자신을 보호해 주리라 여겼던, 그리고 범접치 못할 아버지가 겨우 한 회사의 수위에 불과할 뿐이라는 것을 알게 될 때 느껴야 했던 화자의 배신감, 그리고 화자가 '인생의 멘토' 로 삼고자 했던 '위대한 인물' 이 기실은 별 것 아닌 겁쟁이에 불과한 인간이라는 것이 아버지로 인해 폭로될 때 가지게 된 배신감이 그것이다.

먼저 누이동생에 대한 화자의 배반부터 살펴보자. 화자는 누이동생에게 아버지 '같은' 존재였다. 어린 누이는 "내 뒤만 졸졸 따라다니는" 아이였다. 그것은 물론 오빠가 자신을 보호해주리라는 믿음에서 비롯되었을 것이다. 그러나 화자는 이러한 누이의 믿음을 배신한다. 그는 졸졸 따라다니는 누이가 "성가셔서" 그녀를 "감쪽같이 따돌린" 것이다. 그러나 그 따돌림이 되돌릴 수 없는 비극을 초래한다. 누이가 불어난 하천에 빠져 죽은 것이다. 누이가 '믿었던' 자신은 기실 아무것도 아닌, 그녀를 보호하고자 하는 마음이 아니라 오히려 귀찮게 생각하는 마음만을 가진 존재였던 것이다. 이로 인하여 화자는 물을 무서워하게 되며, 아버지가 자신을 죽일지도 모른다는 공포심에 빠져들게 된다.

그리고 두 번째의 배반은 아버지에게서 비롯된다. 서울 아닌 서울에서 '진짜 서울'로 이사오게 되면서 아버지는 취직을 하게 된다. 그는 언제나 '흑색의 제복에 금줄'이 달린 옷을 입고 다닌다. 이러한 아버지의 차림은 화자로 하여금 한없이 아버지를 경외의 대상으로 생각하게 된다. 그러나 이러한 경외심은 그리 오래 가지 않는다. 아버지가 그 옷차림과는 달리 '별것 아닌 것'으로 생각되는 사람들에게 차렷 자세로 경례를 부치는 수위에 불과하다는 것이 밝혀지는 것이다.

그리고 세 번째의 배반은 자신이 '인생의 멘토'로 삼고자 했던 '전구라 선생'의 실체를 알게 되는 데서 비롯된다. "사랑에 대한 동경과, 지식의 탐구와, 고통받고 박해받고 있는 약하고 가난한 이웃에 대한 참을 수 없는 연민"을 강조한 전구라 선생이 사실은, 택시나 새치기 하고, 가난하고 어려운 사람을 자신이 가지고 있는 권력을 이용해 못살게 굴고, 드디어는 '양담배'로 인해 '비굴'해지는 그런 사람이었다는 것이 아버지로 인하여 밝혀지면서 화자는 또 한 번의 배반을 경험하게 되는 것이다.

이 작품에서 독자는 '세 명의 아버지'를 만나게 된다. 믿고 따르지만, 경외의 대상으로 그를 바라보지만, 그리고 인생의 멘토로 삼지만, 언제나 그 믿음을 배반하고야마는 아버지 말이다. 그 첫번째 '아버지'는 바로 화자 자신이다. 믿고 따르던 누이를 배반하고 그녀를 죽게 했다는 점에서. 그리고 '누이의 아버지로서' 누이를 배반한 그 역시 자신의 '진짜' 아버지에게서 배반당한다. 그리고 자신을 배반한 아버지를 대신해 줄 것으로 여겼던 또 다른 아버지인 '전구라'에게 배반당한다.

이러한 배반이 의미하는 것은 무엇일까? 그것은 인간은 그 누구에게도 '기대지 않고' 홀로 살아가야 한다는 것이리라. 따라서 《배반의 여름》이 보여주는 배반은 '단순한 배반'이 아니다. 그것은 결국 인간은 '단독자'로 살아갈 수밖에 없다는 하나의 메시지인 것이다.

작품의 이해와 감상

자전거 도둑

우리 인간은 사회 속에서 살아간다. 아리스토텔레스가 말했듯이 인간은 사회적 동물인 것이다. 이 말은 인간은 홀로 살아갈 수 없다는 것을 의미한다. 다시 말해 누군가와 어떤 관계를 맺으면서 살아갈 수밖에 없다는 것이다. 그러나 이러한 '인간관계' 가 항상 '좋게' 맺어지는 것은 아니다.

인간은 자신의 이익을 위해서 다른 사람을 속이기도, 행패를 부리기도 하면서 살아가는 것이다. 언제나 인간 사회가 따뜻한 것만은 아닌 것이다.

《자전거 도둑》은 이러한 인간관계를 극명하게 보여준다. 주인공 "수남이는 청계천 세운 상가 뒷길의 전기용품 도매상의 꼬마 점원이다." 수남이는 시골에서 올라온 탓도 있지만 아직은 나이가 어려 인간관계가 어떻게 맺어지는지를 정확하게 알지 못하는, 순진하다고 표현할 수밖에 없는 소년이다. 수남은 "아니, 야학은 아무 때나 들어가나. 똥통 학교라면 또 몰라. 수남이는 내년 봄에 시험 봐서 들어가야 해. 야학이라도 일류로, 그래서 인석이 그저 틈만 있으면 책이라고 허허……"라는 주인 영감의 말을 아무 의심 없이 믿고 있다. 그리고 이러한 주인 영감의 '믿음'을 저버리지 않기 위해 그는 피곤한 점원 생활 중에도 밤에 잠을 쫓으며 책을 본다. 또한 누구보다도 아침 일찍 일어나 가게 앞을 청소한다. 이러한 수남을 보고 주인 영감은 "만족한 듯 빙긋 웃고 '짜아식' 하며 손으로 수남이의 머리를 더듬는다." 이러한 주인 영감의 말과 몸짓에서 수남이는 어떤 육친적인 따뜻함을 느낀다. 인간관계가 이처럼 서로 아끼고, 또 그만큼 믿음을 주면서만 맺어진다면 사회는 말 그대로 따뜻한 사회가 될 것이다. 그렇게만 된다면 인간 사회에 분란이 일어날 필요가 없다. 그러나 끊임없이 인간이 살아가는 사회에 분란이 일어나는 것을 보면 인간관계가 결코 따뜻하게만 맺어지는 것이 아님을 알 수 있다.

이 소설은 바로 따뜻하게 맺어지지 않는 인간관계에 대한 이야기이다. 주인 영감의 그 따뜻한 말은 정말 수남을 위한 마음에서 나오는 진실된 것인가? 답은 아니다. 여기에서 문제가 발생한다. 그가 수남에게 던지는 칭찬과 그리고 수남이 '육친적 정' 이라고 느끼는 그의 몸짓은 다만 수남을 점원으로 잘 부리기 위한 것일 뿐이다. 주인 영감은 칭찬과 육친적 정을 이용하여 수남을 이용하고 있는 것이다. 다른 사람이 보기에 수남이 하는 일은 한 사람이 감당할 몫이 아니다. 수남은 서너 명이 해야 할 일을 지금 혼자, 그것도 당연하다는듯이 하고 있다. 물론 그것이 주인 영감에게 입은 '은혜' 에 보답하는 것이라는 생각에서이다. 지금 수남은 '속고' 있는 것이다. 이를테면 주인 영감은 "큰 애 하나" 라도 더 쓰라는 다른 사람의 말에 "벌레라도 씹어 먹은 듯이" 이렇게 대답하는 것이다.

"누가 뭐 사람 더 쓰기 싫어 안 쓰나. 어디 사람 같은 놈이 있어야 말이지. 깡패 놈이라도 걸려 들어봐. 우리 수남이가 물든다고. 이런 순진한 놈일수록 구정물 들긴 쉽거든."

이 말은 표면적으로는 수남을 위한 것 같지만 사실은 돈을 아끼고 수남을 더 부려먹고자 하는 속셈에 다름 아닌 것일 뿐이다.

그러나 하냥 순진할 것만 같았던 수남도 하나의 사건을 겪으며 이러한 인간관계의 어떤 진실을 발견해 간다. 그는 자신의 자전거를 '훔쳐' 달려오며, 죄의식보다도 어떤 쾌감을 느낀다. 이것은 누군가를 속이는 것이 오히려 자신에게 이득이 온다는 것을 수남이 깨닫게 됨을 암시해 준다. 만약에 수남이 이후로 계속

해서 이 상가에 남았다면? 아마도 어느 정도의 세월이 흘렀을 때 그 또한 주인 영감처럼 '따뜻한 말' 을 해가며 '또 다른 수남' 을 점원으로 부리는 '주인 영감' 이 되지 않았을까? 그러나 수남은 그 순간 "도덕적으로 자기를 견제해 줄 어른" 을 그리워하며 고향으로 돌아갈 것을 결심한다. 아마도 수남은 지금쯤 늙은 농부가 되었을 것이다. 남에게 해를 끼치지 않고, 또한 남을 속이지도 않으면서 순박한 삶을 살아가고 있을 것이다.

그러나 문제는 여전하다. 수남이 일했던 그 도시, 자신의 이득을 위하여 서로를 속이고 속이는, 그리고 그것을 전혀 죄악으로 생각하지 않는 사람들이 살아가는 도시는 아직도 여전히 건재하기 때문이다.

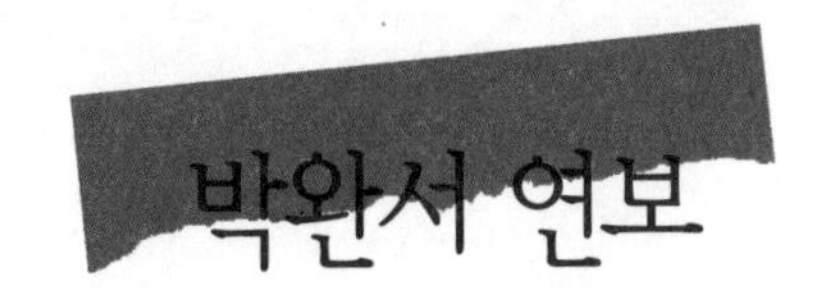

- 1931년 10월 20일 경기도 개풍 출생.
- 1950년 숙명여고 졸업, 서울대학교 국어국문학과 중퇴.
- 1970년 〈여성동아〉 장편소설 현상 공모에 〈나목(裸木)〉으로 소설가 등단.
- 1971년 첫 단편 〈세모〉 발표.
- 1973년 단편 〈부처님 근처〉 발표.
- 1976년 창작집 《부끄러움을 가르칩니다》 발표.
- 1977년 장편 〈휘청거리는 오후〉, 산문집 〈꼴찌에게 보내는 갈채〉 발표.
- 1978년 장편 〈배반의 여름〉, 산문집 〈여자와 남자가 있는 풍경〉 발표.
- 1979년 장편 〈도시의 흉년〉 발표.
- 1980년 〈엄마의 말뚝〉(〈엄마의 말뚝〉 연작 1, 2편 〈문학사상〉에 연재된 데 이어 1991년 3편 발표), 장편 〈살아 있는 날의 시작〉 발표, 〈그 가을의 사흘 동안〉으로 제7회 한국문학작가상 수상.
- 1981년 〈엄마의 말뚝 2〉로 제5회 이상문학상 수상.
- 1985년 장편 〈서 있는 여자〉 발표.
- 1989년 장편 〈그대 아직도 꿈꾸고 있는가〉 발표.
- 1990년 산문집 〈나는 왜 작은 일에만 분개하는가〉 발표, 〈미망〉으로 대한민국문학상 수상.
- 1991년 장편 〈저문 날의 삽화〉 발표.
- 1992년 장편 〈그 많던 싱아는 누가 다 먹었을까〉 발표.

- 1993년 〈꿈꾸는 인큐베이터〉로 제38회 현대문학상 수상, 유니세프 친선대사로 활동.
- 1994년 〈나의 가장 나종 지니인 것〉으로 제25회 동인문학상 수상, 공연윤리위원회 회원.
- 1995년 제1회 한무숙문학상 수상, 문학의 해 조직위원.
- 1996년 토지문화재단 발기인.
- 1996~2007년 동인문학상 심사위원.
- 1997년 〈그 산이 정말 거기 있었을까〉로 제5회 대산문학상 수상.
- 1998년 보관문화훈장 받음, 장편 《너무도 쓸쓸한 당신》 출간.
- 1999년 만해문학상 수상, 산문집 《님이여 그 숲을 떠나지 마오》 발표, 《박완서 단편소설》 전집 출간.
- 2000년 인촌상 · 국회 대중문화 & 미디어상 수상, 장편 《아주 오래된 농담》 출간.
- 2001년 〈그리움을 위하여〉로 제1회 황순원문학상 수상.
- 2004년 장편 《그 남자네 집》 출간, 대한민국예술원 신입회원 피선.
- 2006년 제16회 호암예술상 수상, 문화예술계 인물 중 처음으로 서울대학교서 명예 문학박사 학위, 장편 〈잃어버린 여행가방〉 발표, 문학상 수상작 5편 엮은 《환각의 나비》 출간.
- 2007년 장편 《친절한 복희씨》, 산문집 《호미》 발표.
- 2008년 단편 〈갱년기의 기나긴 하루〉 발표, 서울국제여성영화제 개막작인 옴니버스 영화 〈텐 텐〉의 변영주 감독 다큐멘터리 '20세기를 기억하는 슬기롭고 지혜로운 방법' 출연.

- 2009년 장편 〈세 가지 소원〉, 동화집 〈이 세상에 태어나길 참 잘했다〉, 〈나 어릴 적에〉, 〈문학동네〉 가을호에 단편 〈빨갱이 바이러스〉 발표.
- 2010년 〈현대문학〉 창간 55주년을 기념해 출간된 소설가 9인의 자전소설집 《석양을 등에 지고 그림자를 밟다》 참여, 산문집 《못 가본 길이 더 아름답다》 출간. 가을에 담낭암 진단, 10월 수술.
- 2011년 1월 22일 담낭암으로 타계.